黒蜥蜴

江戸川乱歩

春陽堂

目次

黒蜥蜴

暗黒街の女王

この国でも一夜に数千羽の七面鳥がしめられるという、或《あ》るクリスマス・イヴの出来事だ。

帝都最大の殷賑《いんしん》地帯、ネオン・ライトの闇夜の虹が、幾万の通行者を五色にそめるG街、その表通りを一歩裏へはいると、そこにこの都の暗黒街が横たわっている。

G街の方は、午後十一時ともなれば、夜の人種にとってはまことにあっけなく、しかも帝都の代表街にふさわしい行儀よさで、ほとんど人通りがとだえてしまうのだが、それと引き違いに、背中合わせの暗黒街がにぎわい始め、午前二時三時頃までも、男女のあくなき享楽児どもが、窓をとざした建物の薄くらがりの中にうようよとうごめきつづける。

今もいう或るクリスマス・イヴの午前一時頃、その暗黒街のとある巨大な建物、外部から見たのではまるで空家のようなまっ暗な建物の中に、けたはずれな、狂気めいた大夜会が、今、最高調に達していた。

ナイトクラブの広々としたフロアに、数十人の男女が、或る者は盃をあげてブラボーを叫び、或る者はだんだら染めの尖《とんが》り帽子を横っちょにして踊りくるい、或る者は逃げまどう少女をゴリラの恰好《かっこう》で追いまわし、或る者は泣きわめき、或る者は怒りくるっている上を、五色の粉紙が雪と舞い、五色のテープが滝と落ち、数知れぬ青赤の風船玉が、むせかえる煙草《たばこ》のけむりの雲の中をとまどいをして、みだれ飛んでいた。

「やア、ダーク・エンジェルだ。ダーク・エンジェルだ」

「黒天使《ダーク・エンジェル》の御入来《ごじゅらい》だぞ」

「ブラボー、女王様ばんざい！」

口々にわめく酔いどれの声々が混乱して、たちまち急霰《きゅうさん》の拍手が起こった。

自然に開かれた人垣の中を、浮き浮きとステップをふむようにして、室の中央に進みでる一人の婦人。まっ黒なイヴニング・ドレスに、まっ黒な帽子、まっ黒な手袋、まっ黒な靴下、まっ黒な靴、黒ずくめの中に、かがやくばかりの美貌が、ドキドキと上気して、赤いばらのように咲きほこっている。

「諸君、御機嫌よう。僕はもう酔っぱらってるんです。しかし、飲みましょう。そして、踊りましょう」

美しい婦人は、右手をヒラヒラと頭上に打ち振りながら可愛らしい巻き舌で叫んだ。

「飲みましょう。そして、踊りましょう。ダーク・エンジェルばんざい！」

「おおい、ボーイさん、シャンパンだ、シャンパンだ」

やがて、ポンポンと花やかな小銃が鳴りひびいて、コルクの弾丸が五色の風船玉をぬって昇天した。そこにも、ここにも、カチカチとグラスのふれる音、そして、またしても

「ブラボー、ダーク・エンジェル!」

の合唱だ。

暗黒街の女王のこの人気は、一体どこからわいて出たのか。たとい彼女の素性は少しもわからなくても、その美貌、そのずばぬけたふるまい、底知れぬ贅沢《ぜいたく》、おびただしい宝石の装身具、それらのどの一つを取っても、女王の資格は充分すぎるほどであったが、彼女はさらにもっともっとすばらしい魅力をそなえていた。彼女は大胆不敵なエキジビショニストであったのだ。

「黒天使! いつもの宝石踊りを所望します!」

だれかが口を切ると、ワーッというどよめき、そして一せいの拍手。

片隅のバンドが、音楽を始めた。わいせつなサキソフォンが、異様に人々の耳をくすぐった。

人々の円陣の中央には、もう宝石踊りが始まっていた。黒天使は今や白天使と変じた。彼女の美しく上気した全肉体を覆うものは、二《ふ》た筋の大粒な真珠の首飾りと、見

ごとな翡翠《ひすい》の耳飾りと、無数のダイヤモンドをちりばめた左右の腕環《うでわ》と、三箇の指環のほかには、一本の糸、一枚の布切れさえもなかった。

彼女は今、チカチカと光りかがやく、桃色の一肉塊にすぎなかった。それが手をゆすり、足をあげて、エジプト宮廷の、なまめかしき舞踊を、たくみにも踊りつづけているのだ。

「オイ、見ろ、黒蜥蜴《くろとかげ》が這い始めたぜ。なんてすばらしいんだろ」

「ウン、ほんとうに、あの小さな虫が、生きて動きだすんだからね」

意気なタキシードの青年がささやき交わした。

美しい女の左の腕に、一匹のまっ黒に見える蜥蜴が這っていた。それが彼女の腕のゆらぎにつれて、吸盤のある足をヨタヨタと動かして、這い出したように見えるのだ。今にもそれが、肩から頸《くび》、頸から顎《あご》、そして彼女のまっ赤なヌメヌメとした唇までも、這いあがって行きそうに見えながら、いつまでも同じ腕にうごめいている。真にせまった一匹のトカゲの入墨《いれずみ》であった。

さすがにこの恥知らずの舞踊は四五分しかつづかなかったが、それが終ると、感激した酔いどれ紳士たちが、ドッと押し寄せて、何か口々に激情の叫びをあげながら、いきなり裸美人を胴上げにして、お御輿《みこし》のかけ声勇ましく、室内をグルグルと廻り歩いた。

「寒いわ、寒いわ、早くバス・ルームへつれて行って」

御託宣のまにまに、御輿は廊下へ出て、用意されたバス・ルームへと練って行った。

暗黒街のクリスマス・イヴは、この婦人の宝石踊りを最後の打ちどめにして、人々はそれぞれの相手と、ホテルへ自宅へ、三々五々帰り去った。

お祭りさわぎのあとの広間には、五色の粉紙とテープとが、船の出たあとの波止場のように、きたならしく散りしいて、まだ浮力を残した風船玉が、ちらほらと、天井を這っているのも物さびしかった。

その舞台裏のように荒涼とした部屋の、片隅の椅子に、一とかたまりのボロ屑《くず》みたいに、あわれに取り残されている若者があった。肩の張ったはでな縞《しま》のサック・コートに赤いネクタイ、どこやらきざな風体の、拳闘《けんとう》選手のように鼻のひしゃげた、筋骨たくましい、一《ひ》とくせありげな男だ。それが、風采《ふうさい》に似合わず、クシュンとしおれかえってうなだれているものだから、ついボロ屑にも見えたのだが。

(人の気も知らないで、何をグズグズしてるんだろうなア。こっちア、生命《いのち》がけのどたん場なんだぜ。こうしているうちにも、デカがふみこんで来やしないかと、気が気じゃありゃしねエ)

彼はブルブルと身ぶるいしてモジャモジャの髪の毛を五本の指でかきあげた。

そこへ制服を着た男ボーイが、テープの山をふみ分けてウイスキーらしいグラスを運んで来た。彼はそれを受け取ると、「おそいじゃねえか」と叱っておいて、グッと一と息にあおって、「もう一つ」とお代わりを命じた。

「潤《じゅん》ちゃん、待たせちゃったわね」

そこへやっと、若者の待ちかねていた人が現われた。ダーク・エンジェルだ。

「うるさい坊ちゃんたちを、うまくまいて、やっと引き返して来たのよ。さあ、あんたの一生に一度のお願いっていうのを聞こうじゃありませんか」

彼女は前の椅子に腰かけて、まじめな顔をして見せた。

「ここじゃだめです」

潤ちゃんと呼ばれた若者は、やっぱり渋面《じゅうめん》を作ったまま沈んだ調子で答える。

「人に聞かれると悪いから？」

「ええ」

「クライム？」

「ええ」

「傷つけでもしたの」

「いいや、そんなことならいいんだが」

黒衣婦人は、のみこみよく、それ以上は聞かないで立ちあがった。

「じゃ外でね。G街は地下鉄工事の人夫のほかには、人っ子一人通ってやしないわ。あすこを歩きながら聞きましょう」

「ええ」

そしてこの異様な一対は、みにくい赤ネクタイの若者と目ざめるばかり美しい黒天使とは、肩を並べて建物を出た。

外は街燈とアスファルトばかりが目立つ、死にたえたような深夜の大道であった。コツコツと、二人の靴音が、一種の節を作ってひびいていた。

「一体どんな罪を犯したっていうの。潤ちゃんにも似合わない、ひどいしょげ方ね」

黒衣婦人が切り出した。

「殺したんです」

潤ちゃんは、足下を見つづけながら、低い不気味な声で云い切った。

「まあ、だれをさ」

黒天使は、この驚くべき答えに、さして心を動かした様子もなかった。

「いろ敵《がたき》をです。北島《きたじま》の野郎と咲子《さきこ》のあまをです」

「まあ、とうとうやってしまったの。……どこで？」

「奴らのアパートで。死骸は押し入れの中に突ッこんであるんです。明日の朝になったら、ばれるにきまってます。三人のいきさつは、みんなが知っているんだし、今夜あいつたちの部屋へはいったのは僕だということがアパートの番人やなんかに知れているんだから、捕まったらおしまいです。……僕はもう少ししゃばにいたいんです」

「高飛びでもしようっていうの」

「ええ……マダム、あんたはいつも、僕を恩人だといってくれますね」

「そうよ。あの危ない場合を救ってもらったのだもの、あれからあたし、潤ちゃんの腕っぷしにほれこんでいるのよ」

「だから、恩返しをして下さい。高飛びの費用を、十万ばかり僕に貸して下さい」

「それは、十万ポッチわけないことだけれど、あんた、逃げおおせると思っているの。だめよ。横浜か神戸の波止場でマゴマゴしているうちに、捕まってしまうのが落ちだわ。こんな場合に、あわを食って逃げ出すなんて愚の骨頂よ」

黒衣婦人は、さも、そういうことには慣れきっているような口ぶりであった。

「じゃ、この東京にかくれていろっていうんですか」

「ああ、まだしもその方がましだと思うわ。しかし、それでも危ないことは危ないのだから、もっとうまい方法があるといいんだけれど……」

黒衣婦人はつと立ち止まって、何か思案をしている様子であったが、突然妙なことをたずねた。

「潤ちゃんのアパートの部屋は、五階だったわね」

「ええ、だが、それがどうしたというんです」

若者はいらいらして答えた。

「まあ、素敵だ」美しい人の唇から、びっくりするような声がほとばしった。「うまいことがあるのよ。まるで申し合わせでもしたようだわ。ねえ、潤ちゃん、あんたまったく安全になれる方法があるわ」

「なんです、それは。早く教えて下さい」

黒天使は、なぜかえたいの知れぬ薄笑いを浮かべて、相手の青ざめた顔を、じっとのぞきこみながら、一語一語力を入れていった。

「あんたが死んでしまうのよ。雨宮潤一《あまみやじゅんいち》という人間を殺してしまうのよ」

「え、え、なんですって?」

潤一青年は、あっけにとられて、ポカンと口をあいて暗黒街の女王の美しい顔をみつめるばかりであった。

地獄風景

雨宮潤一が、約束の京橋の袂《たもと》に立ちつくして、黒衣婦人を待ちかねているところへ、一台の自動車が停車して、黒の背広に鳥打帽をかぶった若い運転手が、窓から手まねきをした。

「いらない、いらない」

流しタクシーにしては、少し車が上等すぎるがと思いながら、手真似で追いやろうとすると、

「僕だよ、僕だよ、早く乗りたまえ」

運転手が、笑いをふくんだ女の声でいった。

「ああ、マダムか。あんた運転ができるんですか」

潤一青年は、あの宝石踊りの黒天使が、たった十分ほどの間に背広の男姿になって、自動車を運転して来たのを知ると、一驚《いっきょう》をきっしないではいられなかった。もう一年以上のつき合いだけれど、この黒衣婦人の素性は、彼にもまったく謎であった。

「軽蔑《けいべつ》するわね、僕だって車くらい動かせるさ。そんな妙な顔してないで、早くお乗りなさい。もう二時半よ。早くしないと、夜があけちゃうわ」

潤一が面くらいながら、客席に腰をおろすと、自動車は邪魔物のない夜の大道を、矢のように走り出した。

「この大きな袋、なんです」

彼はふとクッションの隅に丸めてあった、大きな麻袋に気づいて、運転台にたずねかけた。

「その袋が、あんたを救ってくれるのよ」

美しい運転手が振り向いて答えた。

「なんだかへんだなア。一体これからどこへ、何をしに行くんです。僕、少し気味がわるくなって来た」

「G街の英雄が弱音をはくわね。なんにも聞かないって約束じゃないか。僕を信用しないとでもいうの？」

「いや、そういうわけじゃないけれど」

それからは、何を話しかけても運転手は前方をみつめたまま、一とことも答えなかった。

車はU公園の大きな池の縁をまわって、坂道をのぼると長い塀ばかりがつづいて人家もないような、妙にさびしい場所で停車した。

「潤ちゃん、手袋持っているでしょう。外套《がいとう》をぬいで、手袋をはめて、上衣《うわぎ》のボタンをすっかりはめて、帽子をまぶかにおかぶりなさい」

そう命令しながら、男装の麗人は、自動車のヘッド・ライトもテイル・ライトも車内の豆電燈も、すっかり消してしまった。

あたりは街燈もないくらやみであった。その闇の中に、まったく光を消し、エンジンを止めた車体が、めくらのように立ちすくんでいた。

「さア、その袋を持って、車をおりて僕のあとからついて来るのよ」

潤一が命ぜられた通りにして、車を出ると、黒い背広の襟《えり》を立てた西洋泥棒みたいな風体の黒衣婦人は、彼女も手袋をはめた手で、彼の手を取って、グングンひきずるようにして、そこに開いていた門の中へはいって行く。

空を覆う巨木の下をいくども通りすぎた。広々とした空地を横ぎった。なにかしら横に長い西洋館のそばを通った。ちらほらと蛍火《ほたるび》のような街燈が、わずかに見えかくれするばかりで、行く手はいつまでも闇であった。

「マダム、ここT大学の構内じゃありませんか」

「しッ、物をいっちゃいけない」

握った手先にギュッと力をこめて、叱られた。凍るような寒さの中に、つなぎ合わせた手の平だけが、二重の手袋を通して暖かく汗ばんでいる。だが、殺人犯の雨宮潤一はこのさい「女」を感じる余裕など持たなかった。

闇を歩いていると、ともすれば、つい二三時間前の激情がよみがえり、彼のかつての恋人の咲子が、喉をしめつけられながら、歯の間から舌を出して、口の端《はし》からタラタラと血を流して、牛のように大きな眼で、彼をにらみつけた形相《ぎょうそう》が、空中を引っかくようにした断末魔《だんまつま》の五本の指が、行く手一ぱいの巨大な幻となって、彼をおびやかした。

しばらく行くと、広い空地のまん中に、赤煉瓦《れんが》らしい平家の洋館がポッツリと建って、そのまわりをこわれかけた板塀がかこんでいた。

「このなかよ」

黒衣婦人は低くつぶやいて、板戸の錠をさがしていたが、合鍵《あいかぎ》を持っていたのか、カチカチと音がすると、なんなくそれが開いた。

塀の中へはいって、板戸をしめると、彼女は始めて用意の懐中電燈をつけ、地面を照らしながら建物の方へ進んで行く。地面には一面に枯草がみだれて、住む人もない化物《ばけもの》屋敷へでもふみこんだ感じである。

三段ほどの石段をあがると、白ペンキのところがまだらにはげた手すりの、ポーチのようなものがあって、そこのこわれた漆喰《しっくい》をふんで五六歩行ったところに、古風ながっしりしたドアがしまっている。

黒衣婦人は、それをまたカチカチと合鍵で開いて、さらに同じようなドアをもう一つ開くと、ガランとした部屋に出た。外科病院に行ったような、強烈な消毒剤のにおいがなにかしら一種異様の甘ずっぱいにおいとまざって、鼻をつく。

「ここが目的の場所よ。潤ちゃん、あんた何を見ても、声を立てたりしちゃいけませんよ。この建物にはだれもいないはずだけれど、塀の外をときどき巡回の人が通るんだから」

黒天使のささやき声が、おびやかすように聞こえた。

潤一青年は、なんともえたいの知れぬ恐怖に、ゾッと立ちすくまないではいられなかった。この化物屋敷みたいな煉瓦建は一体どこなのだ。この鼻をつく異臭はなんであろう。物いえば四方の壁にこだまするかと思われる広間には全体何があるのだろう。またしても、闇の中に、北島と咲子の断末魔の、吐き気をもよおすような醜怪《しゅうかい》な、物すごい形相が、二重写しになって、まざまざと浮きあがった。おれは今、奴らの悪霊に招きよせられて、黄泉路《よみじ》の闇をさまよっているのではないかしら。彼は生まれてから経験したこともない奇怪な錯覚におちいって、からだじゅうに脂汗《あぶらあせ》を流していた。

黒衣婦人の手にする懐中電燈の丸い光は、何かを探し求めるようにソロソロと床の上を這って行った。

敷物のない、荒い木目の床板が、一枚一枚と、円光の中を通りすぎる。やがて、ニスのはげた頑丈な机のようなものが、脚の方からだんだんと光の中へはいって来る。長い大きな机だ。おや、人間だ。人間の足だ。では、この部屋にはだれかが寝ているのだな。

だが、いやにひからびた老人の足だぞ。それに足首に、紐《ひも》で木の札がむすびつけてあるのは、一体どういう意味なのだ。

おや、この親爺《おやじ》、寒いのにはだかで寝ているのかしら。

円光は腿《もも》から腹、腹からあばら骨の見えすいた胸へと移動し、次には鶏の足みたいな頸から、ガックリ落ちた顎、馬鹿のように開いた唇、むき出した歯、黒い口、くもりガラスのような光沢のない眼球。……死骸《しがい》だ。

潤一はさいぜんの幻と、いま円光の中に現われたものとの、不気味な符合に、ふるえあがった。大罪を犯して心みだれた彼は、まだその部屋がどこであるかをさとり得ないで、おれは気でも違ったのか、それとも悪夢にうなされているのかと、思いまどった。

だが、その次に懐中電燈がうつし出した光景には、さすがの彼も、黒衣婦人の注意を忘れて、ギャッと叫ばないではいられなかった。

これが地獄の光景でなくてなんであろう。そこには三畳敷ほどの大きさの浴槽のようなものがあって、その中に二重にも三重にも、老若男女の全裸の死体が、ウジャウジャ積みかさなっているのだ。

血の池に、亡者《もうじゃ》どもがひしめき合っている地獄絵にそっくりの、物恐ろしい有様、これがはたしてこの世の現実なのであろうか。

「潤ちゃん、弱虫ねえ。驚くことなんかありゃしないわ。これ解剖実習用の死体置場なのよ。どこの医学校にだってあるものよ」

黒衣婦人の声が、大胆不敵に笑っていた。

ああ、そうなのか。やっぱりこれは大学の構内だったのか。しかし、それにしても、一体全体なんの用事があってこんな不気味な場所へ来なければならなかったのだろう。さすがの不良青年も、美しい同伴者のあまりにも意表外な行動に、目をみはらないではいられなかった。

懐中電燈の円光は死体の山の全景を一と通りなでまわしてから、その上層に横たわっている一箇の生々しい若者の裸体の上にとまった。

闇の中に、異様な幻燈の絵のように、一人の青年が、黄色い肌をさらして、じっと動かないでいた。

「これよ」

黒衣婦人は、懐中電燈を若者の死体からそらさないで、ささやいた。

「この若い男は、K精神病院の施療《せりょう》患者で、昨日死んだばかりなのよ。K精神病院とこの学校との間に特約が結んであるもんだから、死ぬとすぐ、死骸をここへ運ばれたの。この死体室の事務員はあたしのお友達……まあ子分といったような関係になっているのさ。だから、あたし、この若者の死骸があることを、ちゃんと知っていたっていうわけよ。どう？　この死体では」

「どうって？」

潤一はドギマギした。一体この女は何を考えているのだ。

「背恰好も肉附も、あんたとよく似ていはしなくって？　違うのは顔だけじゃなくって」

いわれてみると、なるほど年配も、身体の大きさも、彼自身とちょうど同じほどに見えた。

（ああ、そうか。こいつをおれの身代りに立てようっていうのか。だが、この女はま

いたものだろう)

あ、まるで貴婦人のような綺麗《きれい》な顔をしていて、なんて大胆な恐ろしいことを思いつ

「ね、わかったでしょう。どう？　あたしの智恵は。魔法使いでしょう。だって、人間一人この世から抹殺してしまおうというんだもの、思い切った魔法でも使わなきゃ、出来っこないわ。サ、その袋をお出しなさい。ちっとばかし気持がわるいけど、二人でこいつを、その袋に入れて、自動車のところまで運ぶのよ」

潤一青年は、死骸なぞよりも、彼の救い主の黒衣婦人が恐ろしくなった。一体この女は何者だろう。お金持の有閑マダムの残虐遊戯としても、あまりご念が入りすぎているではないか。彼女は今、死体係りの事務員を彼女の子分だといった。こんな学校の中にまで子分を持っているからには、この女はよほどの大悪党にちがいない。

「潤ちゃん、なにぼんやりしてるの。サ、早く袋を」

闇のなかから女怪の声が叱りつけた。叱りつけられると潤一青年は、一種異様の威圧を感じて、心がしびれたようになって、猫の前の鼠みたいに、ただ彼女のいうがままに動くほかはなかった。

ホテルの客

帝都第一のKホテルにも、その夜、内外人の大舞踏会がもよおされたが、ほとんど徹宵《てっしょう》踊りぬいた人たちも、すでに帰り去って、玄関のボーイどもが眠気をもよおしはじめた。夜明け前の午前五時頃、スイング・ドアの前に、一台の自動車が横づけになった。

緑川《みどりかわ》夫人のお帰りだ。

ボーイたちはこのぜいたくな美貌の客に少なからぬ好意を持っていたので、す早くそれとさとると、先を争うように自動車のドアに走り寄った。

毛皮の外套に包まれた緑川夫人がおり立つと、そのあとから一人の男性の同伴者が現われた。年配は四十くらい、ピンとはねた口髭《くちひげ》、三角型の濃い顎髯《あごひげ》、鼈甲縁《べっこうぶち》の大きな眼鏡《めがね》、毛皮の襟のついた厚ぼったい外套、その下から礼装用の縞ズボンがのぞいていようという、政治家めいた人物だ。

「この方お友達です。あたしの隣の部屋あいてましたわね。あすこへ用意をさせて下さい」

緑川夫人は、カウンターに居合わせたホテルの支配人に声をかけた。

「ハ、あいております。どうか」

支配人は愛想よく答えて、ボーイに支度を命じた。

髭の客は、だまったまま、そこに開かれた帳簿に署名して、夫人のあとを追って、正面の廊下をはいった。署名は山川健作《やまかわけんさく》となっていた。

部屋がきまって、めいめいに附属のバス・ルームで入浴をすませると、二人は緑川夫人の寝室に落ちあった。

モーニングの上衣をぬいでズボンだけになった山川健作氏は、しきりと両手をこすりながら、いかめしい顔つきに似合わぬ、子供らしい声でしゃべった。

「ああ、たまらねえ。まだこの手ににおいがついているようだ。僕はあんなむごたらしいこと、生まれて初めてですよ。マダム」

「ホホホホホ、いったわね。二人も生きた人間を殺したくせに」

「シッ、困るなア、そんなことズバズバいわれちゃ。廊下へ聞こえやしませんか」

「大丈夫、こんな低い声が聞こえるもんですか」

「ああ、思い出してもゾッとする」山川氏はブルブルと身ぶるいをして見せて、「さっき僕のアパートで、あの死骸の顔を鉄棒でたたきつぶした時の気持って、なかったですよ。それから、あいつをエレベーターの穴へ落した時、はるか下の方で、ペシャッと音がしたっけ。ウウ、たまらねえ」

「弱虫ね、もうすんでしまったことは、考えっこなしよ。あんたはあの時死んでしまったんだわ。ここにいるのは、山川健作という、れっきとした学者先生じゃないの。しっかりしなきゃだめよ」

「しかし大丈夫ですか。大学の死体が紛失したことがバレやしませんか」

「なにいってるのよ。僕がそれに気がつかないとでも思っているのかい。あすこの事務員は、僕の手下だといったじゃないか。僕の子分がそんなへまをする気づかいがあるもんか。今、学校は休みで、先生も生徒もいやしない。係りの事務員が帳簿をちょっとごまかしておけば、小使《こづかい》なんか一々死骸の顔をおぼえているわけじゃなし、あんなにたくさんの中から一つくらいなくなったって、当《とう》の係員のほかには気づく者はありやしないよ」

「じゃ、その事務員に、今夜のことを知らせておかなければいけませんね」

「ウン、それは朝になったら、ちょっと電話をかけさえすればいいんだよ。……ところでねえ、潤ちゃん、あんたに聞いてもらいたいことがあるのよ。まあ、ここへおかけなさいな」

緑川夫人は、その時、はでな友禅染《ゆうぜんぞめ》の振袖《ふりそで》の寝間着を着て、ベッドの上に腰かけていたのだが、その横のシーツを指さして、山川氏の潤ちゃんをさしまねいた。

「僕、このうるさいつけ髯と眼鏡、取っちゃってもいいですか」

「ええ、いいわ。ドアに鍵がかけてあるんだから、大丈夫」

そして、二人はまるで恋人のように、ベッドにならんで腰かけて、話しはじめた。

「潤ちゃん、あんたは死んでしまったのよ。それがどういうことだかわかる？　つまり、今ここにいる、あんたという新しい人間は、あたしが産んであげたも同じことよ。だから、あんたは、あたしのどんな命令にだってそむくことが出来ないのよ」

「もしそむいたら？」

「殺してしまうまでよ。あんた、あたしが恐ろしい魔法使いってこと、知りすぎるほど知ってるわね。それに、山川健作なんて人間は、あたしのお人形さんも同じことで、この世に籍がないのだから、突然消えてなくなったところでだれも文句をいうものはありゃしないわ。警察だってどうも出来やしないわ。あたし、今日からあんたという、腕っぷしの強いお人形さんを手に入れたのよ、お人形さんていう意味は、つまり奴隷《どれい》、ね、奴隷よ」

潤一青年は、この妖魔《ようま》にみいられてしまっていたので、そんなことをいわれても、少しも不快を感じなかった。不快を感じるどころか、いうにいわれぬ甘いなつかしい気持になっていた。

「ええ、僕は甘んじて女王さまの奴隷になります。どんないやしい仕事でもします。あなたの靴の底にだって接吻《せっぷん》します。そのかわり、あなたの産んだ児を見捨てないで下さい。ねえ、見捨てないで」

彼は、緑川夫人の友禅模様の膝に手をかけて、甘えながら、だんだん泣き声になっていった。黒天使は、やさしくほおえんで、潤一の広い肩に手を廻して、子供をでもあやすように、調子を取って、軽く叩いてやった。夫人の膝に熱いしずくがポタポタと落ちるのが、着物を通して感じられた。

「ハハハハハ、滑稽《こっけい》だわね。二人とも、いやにセンチになっちゃったわね。よしましょう。それより大事な話があるのよ」

夫人は手をはなして、

「あんた、あたしを何者だと思う？　わからないでしょう」

「なんだっていいんです。たといあなたが女泥棒だって、人殺しだってかまいません。僕はあなたの奴隷です」

「ホホホホホ、あてちゃったわね。その通りよ、あたしは女泥棒。それから、人殺しもしたかも知れないわ」

「え、あなたが?」

「ホホホホホ、やっぱりびっくりしたでしょ。でも、あんたには何をいったって、生命をあずかっているんだから大丈夫。まさか逃げ出しやしないわね。それとも逃げ出す?」

「僕はあなたの奴隷です」

彼女の膝にかけている男の指に、ギュッと力がこもった。

「まあ、可愛いことをいうわね。今日からあんた、あたしの、一の子分よ。ずいぶん働いてもらわなくちゃならないわ。ところで、あたしがなぜ、こんなホテルなんかに泊っていると思う? 四五日前から、緑川夫人という名で、この部屋を借りているのよ。それはね、ねらった鳥が同じホテルに滞在しているからなの。それが大へんな大物で、あたし一人じゃ、ちっと心細かったところへ、うまいぐあいにあんたが来てくれて心丈夫だわ」

「金持ちですか」

「ああ、金持ちも金持ちだけれど、あたしの目的はお金ではないの。この世の美しいものという美しいものを、すっかり集めてみたいのがあたしの念願なのよ。宝石や美術品や美しい人や……」

「え、人間までも？」

「そうよ。美しい人間は、美術品以上だわ。このホテルにいる鳥っていうのはね、お父さんに連れられた、それはそれは美しい大阪の(注1)いとはんなの」

「じゃ、そのお嬢さんを盗もうというのですか」

ことごとに意外な黒天使の言葉に、潤一青年は、またしても面くらわなければならなかった。

「そうなの。でも、ただの少女誘拐ともちがうのよ。その娘さんを種《たね》に、お父さんの持っている日本一のダイヤモンドを頂戴《ちょうだい》しようってわけなの。お父さんていうのは、大阪の大きな宝石商なのよ」

「じゃ、あの岩瀬《いわせ》商会じゃありませんか」

「よく知ってるわね。その岩瀬庄兵衛《しょうべえ》さんがここに泊っているの。ところが少し面倒なのは、先方には明智小五郎《あけちこごろう》っていう私立探偵がついていることです」

「ああ、明智小五郎が」

「ちょっと手ごわい相手でしょう。幸い、あいつはあたしを少しも知らないからいいようなものの、明智って、虫のすかない奴だわ」

「どうして、私立探偵なんかやとったのでしょう。先方は感づいてでもいるのですか」

「あたしが感づかせたのさ。あたしはね、潤ちゃん、不意打ちなんて卑怯《ひきょう》なまねはしたくないのよ。だから、いつだって、予告なしに泥棒をしたことはないわ。ちゃんと予告して、先方に充分警戒させておいて、対等に戦うのでなくっちゃ、おもしろくない。物をとるということよりも、その戦いに値打ちがあるんだもの」

「じゃ、こんども予告をしたのですね」

「ええ、大阪でちゃんと予告してあるのよ。ああ、なんだか胸がドキドキするようだわ。明智小五郎なら相手にとって不足はない、あいつと一騎打ちの勝負をするのかと思うと、あたし愉快だわ。ね、潤ちゃん、すばらしいとは思わない?」

彼女はわれとわが言葉にだんだん昂奮《こうふん》しながら、潤一青年の手をとって、彼女の感情のまにまに、それをギュッと握りしめたり、気でもちがったようにうち振ったりするのであった。

女魔術師

一夜の間に潤一青年の山川健作氏は、お芝居がすっかり板について、翌朝身じまいをおわった時には、ロイド眼鏡もつけ髯も似つかわしく、医学博士とでもいった人物になりすましていた。

食堂で緑川夫人と差し向かいにオートミールをすすりながらの会話にも、身のこなしにも、少しもへまはしなかった。

食事をすませて部屋に帰ると、ボーイが待ち受けていて、

「先生、ただ今お荷物がとどきましたが、こちらへ運んでもよろしうございますか」

とたずねた。潤一青年は、先生などと呼ばれたのは生まれて初めてであったが、一生懸命落ちつきはらって、声さえ重々しく、

「ああ、そうしてくれたまえ」

と答えた。今朝、彼の荷物と称して、大きなトランクがとどけられることは、昨夜の打ち合わせで、ちゃんと、のみこんでいたのだ。

やがて、ボーイとポーターが、二人がかりで、大型の木わくつきのトランクを部屋の中へ持ちこんで来た。

「だんだんお芝居がうまくなるわね。それならばもう大丈夫だわ。明智小五郎だって、見破れやしないわ」

ボーイたちが立ち去るのを見すまして、隣室の緑川夫人がはいって来て、新弟子の手なみをほめた。

「ウフ、僕だって、まんざらでもないでしょう。……それはそうと、このべらぼうに大きなトランクには、一体何がはいっているんですね」

山川氏は、まだトランクの用途を教えられていなかったのだ。

「ここに鍵があるから、開けてごらんなさい」

いかめしい髯の子分は、その鍵を受け取りながら、小首をかしげた。

「僕のお召しかえがはいっているんでしょう。山川健作先生ともあろうものが、着のみ着のままじゃ変だからね」

「フフ、そうかも知れないわ」

そこで、鍵を廻して、蓋《ふた》を開いてみると、中には、いくえにも厚ぼったくボロ布で包んだものがギッシリつまっていた。

「おや、なんですい、こりゃあ」

山川氏は、あてがはずれたようにつぶやいて、その包みの一つを、ソッと開いてみた。

「なあんだ、石ころじゃありませんか。大事そうに布にくるんだりして、ほかのもみんな石ころなんですか」

「そうよ、お召しかえでなくってお気の毒さま。みんな石ころなの。少しトランクに重みをつける必要があったものだからね」

「重みですって？」

「ああ、ちょうど人間一人の重味《おもみ》をね。石ころをつめるなんて気がきかないようだけれど、おぼえておきなさい、これだとあとの始末が楽なのよ。石ころは窓の外の地面へほうり出しておけばいいし、ボロ布はベッドのクッションと敷蒲団の間へ敷きこんでしまえば、トランクをからっぽにしても、あとになんにも残らないっていうわけさ。ここいらが魔法使いのコツだわ」

「ヘエー、なるほどねえ。だが、トランクをからっぽにして、何を入れようっていうんです」

「ホホホホホ、(注2)天勝《てんかつ》だって、トランクに入れるものは大ていきまっているじゃないの。まあいいから、石ころの始末を手伝いなさいよ」

彼らの部屋はホテルの奥まった階下にあったので、窓の外は人目のない狭い中庭になっていて、そこに大つぶな砂利《じゃり》がしいてあった。石ころを投げ出すにはおあつらえ向きだ。二人は急いで石ころをほうり出し、ボロ布の始末をした。

「さア、これですっかりからっぽになってしまった。じゃこれから、魔法のトランクの使いみちを教えてあげましょうか」

緑川夫人は、面くらっている潤ちゃんを、おかしそうに眺めたが、手早くドアに鍵をかけ、窓のブラインドをおろして、外からすき見の出来ないようにしておいて、いきなり黒ずくめのドレスをぬぎ始めた。

「マダム、へんだね。昼日中例の踊りを始めようってわけじゃないでしょうね」

「ホホホホホ、びっくりしてるわね」

夫人は笑いながら、手を休めないで、一枚一枚と衣服を取り去っていった。彼女の奇妙な病気が起こったのだ。エキジビショニズムが始まったのだ。

全裸の美女とさし向かいでは、いかな不良青年も、まっ赤になってもじもじしないではいられなかった。そこにはこのましい曲線にふちどられた、かがやくばかりに美しい桃色の肉塊が、ギョッとするほど大胆なポーズで立ちはだかっていたではないか。見まいとしても、視線がその方にいった。そして夫人の目とぶッつかると、その度《たび》ごとに、彼はまたしても一そう赤面した。女王は奴隷の前に、どのような姿をさらそうとも、少しも悪びれも、恥かしがりもしなかった。あまりの刺戟《しげき》にたえかね、脂汗を流して悲鳴をあげるのは、いつも奴隷の方なのだ。

「まあ、いやにもじもじするわね。裸の人間がそんなに珍しいの」

彼女はあらゆる曲線と、あらゆる深い陰影とを、あからさまに見せびらかして、トランクの縁をまたぎ、その中へまるで胎内の赤ん坊みたいに手足をちぢめて、スッポリとはまりこんでしまった。

「というわけさ。これがボクの手品の種あかしなんだよ。どう？　このかっこうは」

トランクの中に丸まった肉塊が、男と女とちゃんぽんの言葉づかいで呼びかけた。まげた脚の膝頭が、ほとんど乳房にくっつくほどで、腰部の皮膚がはりきって、お尻が異様に飛び出して見えた。後頭部に組み合わせた両手が、髪の毛をみだし、腋《わき》の下が無残に露出していた。なにかしら畸形な、丸々とした非常に美しい、桃色の生きものであった。

潤ちゃんの山川氏は、だんだん大胆になりながら、トランクの上に及び腰になって、なやましげに目の下の生きものに目をそそいだ。

「マダム、トランク詰めの美人ってわけですか」

「ホホホホホ、まあ、そうよ。このトランクには、外からはわからないように、方々に小さい息ぬきの穴があけてあるのよ。だから、こうして蓋をしめてしまっても、窒息するような心配はないんだわ」

いうかと思うと、彼女はパタンとトランクの蓋をしめたが、そのあおりの生暖かい風が熟しきった女体のかおりを含んで、上気した青年の顔をなでた。

蓋をしめてしまえば、それはいかめしく角ばった一箇の黒い箱にすぎなかった。その中になまめかしくふくよかな桃色の肉塊がひそんでいようなどとはどうしても想像出来ないのだ。古来手品師たちが、不細工《ぶさいく》なトランクと美しい女体とのきわ立った取り合わせをこのんで用いる理由がここにあった。

「どう？　これならだれも、人間がはいっているなんて疑いっこないでしょう」

夫人がトランクの蓋を細目にあけて、まるで貝のなかから現われたヴィナスのように、美しくほおえみながら、同意を求めた。

「ええ。……すると、つまり、あの宝石屋の娘さんを、このトランク詰めにして誘拐しようってわけですかい」

「そうよ。もちろんよ、やっと察しがついたの？　あたしはただちょっと見本をごらんに入れたっていうわけなのさ」

しばらくして服装をととのえた緑川夫人が、山川氏に、彼女の大胆きわまる誘拐計画を語り聞かせていた。

「あの娘さんを、今のようにトランクにつめこむ仕事はあたしの受け持ちで、それにはちゃんと手だてもあるし、麻酔剤の用意も出来ているの。そのトランクをここから運び出すのが、あんたの役目、第一回の腕試しよ。

「今晩、あんたは九時二十分の下り列車に乗りこむ体《てい》にして、前もって名古屋までの切符を買わせておいて、トランクと一しょにホテルを出発して、トランクは手荷物としてあずけさせ、ホテルのポーターに見送らせて汽車に乗るのよ。つまり、あんたは名古屋へ行ったものと思いこませてその実、次のS駅で途中下車してしまうんだわ。わかって？　むろんトランクも、車掌にたのんで、急用を思いだしたとかなんとかいって、S駅でおろさせるのよ。ちょっと骨の折れる仕事だけれど、あんたならへまはしないわね。

「そして、S駅から、またトランクと一しょに自動車に乗って、東京に引きかえし、こんどはMホテルへ乗りつけるの。そこで一ばん上等の部屋をえらんで、どっかのお金持ちっていうような顔をして、いばって泊り込んでいればいいのよ。あたしも、明日はここを引きはらって、Mホテルであんたと落ち合うつもりなんだから。どう？　この計画は」

「ウン、おもしろいにはおもしろいですね。だが、そんな人をくった真似をして大丈夫かしら。僕一人じゃ、ちっとばかり心細いな」

「ホホホホホ、人殺しまでしたくせに、まるでお坊っちゃんみたいに物おじをして見せるわね。大丈夫よ。悪事というのはね、コソコソしないで、思い切って大っぴらにやッつけるのが、一ばん安全なんだわ。それに、万一バレたら荷物をほうり出して、ずらかっちまえばいいじゃないの。人殺しにくらべればなんでもありゃしないわ」

「だがね、マダムも一しょに行っちゃいけないのですかい」

「あたしは、例の明智小五郎と四つに組んでなけりゃいけないのよ。あんたが先方へ着くまでに、あいつから眼をはなしたら、どんなことになるかわかりゃしない。あたしは邪魔者の探偵さんの引きとめ役なのさ。この方がトランクをはこぶより、ずっとむずかしいかも知れないわ」

「ああ、そうか。その方が僕も安心というもんですね。だが……あすの朝はきっとMホテルへ来てくれるでしょうね。もしその間に、娘さんが目をさまして、トランクの中であばれ出しでもしたら、目もあてられないからね」

「まあ、この人はこまかいことまで気にやんでいるのね。そこに抜かりがあるものかね。娘には猿ぐつわをかませた上、手足を厳重にしばっておくのよ。眠り薬がさめたところで、声をたてることはもちろん、身動きだって出来やしないわ」

「ウフ、僕は今日は頭がどうかしているんだね。それというのも、マダムがあんなことをして見せるからですよ。こんどから、あれだけはかんべんしてもらいたいね。僕は若いんですぜ。まだ胸がドキドキしている、ハハハハハ。ところで、Mホテルで落ちあったあとは、どういうことになるんですい」

「それから先は、秘中の秘よ。子分はそんなこと聞くもんじゃなくってよ。ただお頭《かしら》の命令に、だまって従ってればいいのよ」

かようにして、令嬢誘拐の手はずは、落ちもなく定められたのである。

女賊と名探偵

その晩、ホテルの広々とした談話室は、夕食後の一時《とき》を煙草や雑談にすごす人たちでにぎわっていた。部屋の一隅にそなえつけたラジオが夜のニュースをつぶやいていた。クッションに深々ともたれて、顔の前に夕刊を大きくひろげている紳士が、あちらにもこちらにも見えた。円卓をかこんだ外国人の一団の中からは、アメリカ人らしい婦人の声がかん高く聞こえていた。

それらの客の中に、岩瀬庄兵衛氏とお嬢さんの早苗《さなえ》さんの姿を見わけることが出来た。黄色っぽいはでな縞お召《めし》の着物に、銀糸の光る帯をしめ、オレンジ色の羽織をきた早苗さんの年にしては大柄な姿は、和服の少ないこの広間では非常に目立って見えた。服装ばかりではない。大阪風におっとりとした、抜けるほど色白な顔に、近眼らしく、ふちなし眼鏡をかけているのが、ひときわ人眼をひかないではおかなかった。

お父さんの岩瀬氏は、半白《はんぱく》の坊主頭に、あから顔に髭のない、大商人らしい恰幅《かっぷく》の人物だが、彼はまるで、お嬢さんの見張り番ででもあるように、彼女の一挙一動を見守りながら、そのあとをつけ廻していた。

こんどの旅行は、商用のほかに、この都の或る名家と縁談がまとまりかけているので、引き合わせのために早苗さんを同伴したのだが、折も折、ちょうど出発の半月ほど前から、岩瀬氏は、ほとんど毎日のように配達される、執念ぶかい犯罪予告の手紙になやまされていたのだ。

「お嬢さんの身辺を警戒なさい。お嬢さんを誘拐しようとたくらんでいる、恐ろしい悪魔がいます」

そういう意味が、一度一度ちがった文句、ちがった筆蹟《ひっせき》で、さも恐ろしく書きしるしてあった。手紙の数が増すにしたがって、誘拐の日が一日一日とせまって来るように感じられた。

初めのうちは、だれかのいたずらだろうと、気にもかけないでいたが、度かさなるにつれて、だんだん気味がわるくなって、ついには警察にもとどけた。だが、いかな警察力も、このえたいの知れぬ通信文の発信者をつきとめることは出来なかった。手紙にはむろん、差出人の名はしるされていなかったし、消印も或いは大阪市内、或いは京都、或いは東京と、その都度ちがっていた。

そういうさいではあったけれど、婚家との約束を破るのもはばかられたし、いやな手紙の舞いこむ自宅を、しばらく離れてみるのもこのましく思われたので、岩瀬氏は意を決して旅に出ることにした。

そのかわりには、用意周到にも、万々一のことがあってはと、かつて店の盗難事件を依頼して、その手並みのほどを知っている私立探偵の明智小五郎に、令嬢の保護をたのむことにした。探偵はあまり乗り気でもなかったけれど、岩瀬氏のたっての頼みをいなみかねて、彼らの滞在中、隣室に泊りこんで、この奇妙な盗難予防の任務につくことになった。

その名探偵明智は、細長い身体《からだ》を黒の背広に包んで、同じ広間の別の一隅のソファに腰かけ、やっぱり黒ずくめの洋装の、一人の美しい婦人と、何か低声に語り合っていた。

「奥さん、あなたはどうして、この事件に、そんな深い興味をお持ちなんですか」

探偵が、じっと相手の目をのぞきこんでたずねた。

「わたくし、探偵小説の愛読者ですの。岩瀬さんのお嬢さんにそのことを伺ってからというものは、まるで小説みたいな出来事に、すっかり引きつけられてしまいました。

それに有名な明智さんにもご懇意《こんい》になれて、わたくし、なんですか、自分まで小説の中の人物にでもなったような気がしていますのよ」

黒衣の婦人が答えた。この黒衣婦人こそ、ほかならぬわれわれの主人公「黒蜥蜴」であることを、読者はすでに察していられるにちがいない。

宝石狂の彼女は、顧客として岩瀬氏と知り合いの間柄であったので、このホテルで落ちあってからは、一そう親しみを増し、彼女のおどろくべき社交術は、早くも早苗さんを虜《とりこ》にして、うちわの秘密までも打ちあけられるほどの仲になっていたのだ。

「しかし、奥さん、この世の現実は、そんなに小説的なものじゃありませんよ。こんどのことも、僕は不良少年かなんかの、いたずらではないかと思っているほどです」

探偵はいかにも気乗りうすに見えた。

「でも、あなたは大へん熱心に探偵の仕事をしていらっしゃるじゃありませんか。夜中に廊下をお歩きなすったり、ホテルのボーイたちにいろいろなことをおたずねなすったり、わたくしよく存じていますわ」

「あなたは、そんなことまで、注意していらっしゃるのですか、隅におけませんね」

明智は皮肉にいってジロジロと夫人の美しい顔を眺めた。

「わたくし、これはいたずらやなんかじゃ、決してないと思います。第六感とやらで、そんなふうに感じますの。あなたもよほど気をおつけなさらないといけませんわ」

夫人も負けずに、探偵を見返しながら、意味ありげに応酬《おうしゅう》した。

「いや、ありがとう。しかし御安心下さい。僕がついているからにはお嬢さんは安全です。どんな兇賊《きょうぞく》でも、僕の目をかすめることは、まったく不可能です」

「ええ、それは、あなたのお力はよく存じていますわ。でも、あの、こんどだけは、なんだか別なように思われてなりませんの。相手が飛びはなれた魔力を持っている、恐ろしい奴だというような……」

ああ、なんという大胆不敵の女であろう。彼女は一代の名探偵を前にして、彼女自身を讃美《さんび》しているのだ。

「ハハハハハ、奥さんは、仮想の賊を大へんごひいきのようですね。一つ賭けをしましょうか」

明智は冗談らしく、奇妙な提案をした。

「まあ、賭けでございますって？　すてきですわ、明智さんと賭けをするなんて。わたくし、この一ばん大切にしている首飾りを賭けましょうか」

「ハハハハハ、奥さんは本気のようですね。じゃ、もし僕が失敗してお嬢さんが誘拐されるようなことがあれば、そうですね、僕は何を賭けましょうか」

「探偵という職業をお賭けになりませんこと？　そうすれば、わたくし、持っているかぎりの宝石類を、全部賭けてもいいと思いますわ」

それは有閑マダムにありがちな、突拍子もない気まぐれのようにも取れば取れる云い方であった。だがその裏に、名探偵に対する、女賊のもえるような闘志がかくされていたことを、明智はさとり得たであろうか。

「おもしろいですね。つまり、僕が負けたら廃業してしまえとおっしゃるのでしょう。女のあなたが、命から二番目の宝石をすっかり投げ出していらっしゃるのに、男の僕たるもの、職業ぐらいはなんでもないことですね」

明智も負けていなかった。

「ホホホホホ、ではお約束しましてよ。わたくし、明智さんを廃業させてみとうございますわ」

「ええ、約束しました。僕もあなたのおびただしい宝石がころがり込んで来るのを楽しみにしていましょうよ。ハハハハハ」

そして、冗談がいつのまにか真剣らしいものになってしまった。ちょうど、その途方もない相談が成り立ったところへ、それとも知らぬ、当の早苗さんが、近づいて、にこやかに声をかけた。

「まあ、お二人で、何をヒソヒソお話しなすってますの。あたしもお仲間に入れて下さらない」

彼女はさも快活らしくよそおってはいたけれど、その顔色にどこかしら不安の影がただようのをかくすことは出来なかった。

「あら、お嬢さん、さア、ここへお掛けなさい。今ね、明智さんが退屈で仕様がないって、こぼしていらっしゃいましたのよ。だって、あんなこと、だれかのいたずらにきまっているんですものね」

緑川夫人は、早苗さんをいたわるように、心にもない気安めをいった。

そこへ、岩瀬氏もやって来て、一座は四人になり、みんなが気をそろえて事件にはふれず、さしさわりのない世間話を始めたが、自然の勢いとして、岩瀬氏は明智探偵、緑川夫人は早苗さん、男は男、女は女と、会話が二つにわかれていった。

一人二役

やがて、女同士の一と組は立ちあがって、話しこんでいる男たちをあとに残し、広間の椅子の間を、散歩でもするように、肩を並べてソロソロと歩きはじめた。まっ黒な絹のドレスと、オレンジ色の羽織とが、きわ立った対照をなしているほかには、二人は背かっこうも、髪の形も、年頃までも、ほとんど同じに見えた。美人に年齢がないのであろうか、三十を越した緑川夫人は、ともすれば、少女のようにあどけなく、若々しく見えることがあった。

二人は、どちらから誘うともなく、いつしか広間をすべり出て、廊下を階段の方へ歩いていた。

「お嬢さん、ちょっとあたしの部屋へお寄りになりません？　昨日お話ししたお人形を、お見せしますわ」

「まあ、ここにもってきていらっしゃいますの。拝見したいわ」

「いつも、離したことがありませんの。可愛いあたしの奴隷ですもの」

ああ、緑川夫人のいわゆるお人形とは、いったい何者であろう。早苗さんは少しも気づかなかったけれど、「可愛い奴隷」なんて実にへんてこな形容ではないか。「奴隷」といえば、読者はただちに、潤ちゃんの山川健作氏が、やっぱり夫人の奴隷であったことを思い出しはしないだろうか。

緑川夫人の部屋は階下に、早苗さんたちの部屋は二階にあった。二人は、階段の昇り口でしばらくためらっていたが、とうとう夫人の部屋へ行くことになって、そのまま廊下を進んで行った。

部屋につくと、夫人はドアを開いて、早苗さんをうながした。

「あら、ここちがってやしません？　あなたのお部屋は、二十三号じゃありませんの」

「さア、おはいりなさい」

まったくその通りであった。ドアの上には二十四の番号が見えている。つまりそこは、夫人の隣室の山川健作氏の部屋であった。

あの人殺しの拳闘家は、早く夕食をすませると、逃げるようにこの部屋にもどって、声をひそめてその時の来るのを待っているはずではないか。そこには、麻酔剤をしみこませたガーゼが、棺桶《かんおけ》同然のトランクが、犠牲者を待ちかまえているはずではないか。

早苗さんが躊躇《ちゅうちょ》したのも無理ではない。虫が知らせたのだ。次の一刹那《せつな》に起こるであろう地獄の光景を、潜在意識が敏感にも告げ知らせたのだ。だが、緑川夫人は素知らぬ体で、

「いいえ、ちがやしません。ここがあたしの部屋ですわ。さあ早くおはいりなさいな」

と云いながら、早苗さんの肩を抱くようにして、ドアの中につれこんでしまった。

二人の姿が消えると、ドアはまたピッタリとしまった。しまったばかりか、異様なことには、カチカチと鍵を廻す音さえした。中から錠をおろしてしまったものと見える。

と同時に、ドアの向こう側に、何かでおさえつけられるような、かすかではあるが実に悲痛なうめき声が聞こえた。

一瞬間、部屋の中はまったくからっぽになったように静まりかえったが、やがて、ボソボソと人のささやく声、いそがしく歩き廻る足音、何かのぶつかる音などが、やや五分間ほどもつづいたが、それも静まると、ふたたび鍵を廻す気配がして、ドアが細目に開き、眼鏡をかけた白い顔が、ソッと廊下をのぞいた。

だれもいないのを見定めた上、やがて、全身を部屋の外へ現わしたのを見ると、それは意外にも緑川夫人ではなくて、早苗さんであった。もうトランク詰めになってしまったとばかり思っていた早苗さんであった。

いや、そうではない。いかにも早苗さんと同じ髪形、同じ眼鏡、同じ着物、同じ羽織ではあったけれど、よく見れば、どこかしら違ったところがあった。胸が少し張りすぎていた。背も心持ち高かった。それよりも顔が……実にたくみなメーク・アップではあったが、そしてまた髪の形と眼鏡とで、そのお化粧が一そうまことしやかに見えたが、どんなにこしらえても人の顔がかわるものではない。それは早苗さんとそっくりのいでたちをした緑川夫人にすぎなかった。それにしても、これだけの変装をわずか五分間にやってのけた早業《はやわざ》は、さすがに魔術師と自称する彼女であった。

では、かわいそうな早苗さんはどうしたのか。もう疑う余地はない。女賊の誘拐計画は順調に進行しているのだ。早苗さんはトランクに押しこめられてしまったのだ。

緑川夫人がその服装をすっかり拝借しているところを見ると、彼女は、今朝夫人が見本を示した通り、すっ裸にされ、猿ぐつわをはめられ、手足をしばられて、みじめにも、トランクの中に折れまがっているのにちがいない。

「では、しっかりたのむわね」

早苗さんに化けた緑川夫人が、ドアをしめながらささやくと、中から太い男の声が、

「ええ、大丈夫です」

と答えた。潤ちゃんの山川健作氏だ。

夫人は何かしらかさばった風呂敷《ふろしき》包みを小脇にかかえている。彼女はそれをかかえたまま人目をさけながら、階段をのぼった。岩瀬氏の部屋へたどりつき、ソッとのぞいて見ると、予期した通り岩瀬氏はまだ帰っていない。彼は階下の広間で明智小五郎と話しこんでいたのだ。

部屋はソファや肘掛椅子や書き物机などをならべた居間と、寝室と、バス・ルームの三部屋つづきになっていたが、夫人はその居間にはいると、書き物机の抽斗《ひきだし》をあけて、岩瀬氏常用のカルモチンの小箱を取り出し、中の錠剤を抜き取って、用意して来た別の錠剤とすりかえて、元通り抽斗におさめた。

それから、次の間《ま》の寝室にはいり、壁の明るい電燈を消して、小さなスタンドだけにしたうえで、ボーイ室へのベルを押した。

間もなくノックの音がして、一人のボーイが居間の方へはいって来た。

「お呼びでございましたか」

「ええ、あの、下の広間にお父さまがいらっしゃるからね。もうおやすみになりませんかって、呼んで下さいませんか」

夫人は、寝室のドアを細目にあけて、顔は影に、着物だけが居間の電燈に照らされるような姿勢で、たくみに早苗さんの声をまねて頼んだ。

ボーイが心得て立ち去ると、やがて、あわただしい足音がして、岩瀬氏がはいってきて、

「お前一人だったのかい。緑川さんと一しょじゃなかったのかい」

と叱るようにいった。

夫人はやっぱり暗い寝室から着物だけを見せるようにして、一そうたくみに早苗さんの口調をまねて、小さい声で答えた。

「ええ、あたし気分がわるくなったものですから、さっき階段のところで、あの方とお別れして一人で帰って来ましたの。あたしもうやすみますわ。お父さまもおやすみにならない」

「困るねえお前は、一人ぼっちになっちゃいけないって、あれほど云いきかしてあるじゃないか。もしものことがあったらどうするんだ」

父は寝室の声を娘と信じきって、居間の安楽椅子にかけたまま、小言をいっている。

「ええ、ですから、あたし、お父さまをお呼びしたんだわ」

寝室から、あどけない声が答える。

そこへ、明智探偵が、岩瀬氏のあとを追ってはいってきた。

「お嬢さんはおやすみですか」

「ええ、今着がえをしているようです。なんだか気分がわるいと云いましてね」

「じゃ僕も部屋へ引き取りましょう。では」

明智が隣室へ立ち去ると、岩瀬氏はドアに鍵をかけておいて、しばらく手紙を書いていたが、やがていつもの通り抽斗のカルモチンを取り出し、卓上の水瓶《すいびん》の水でそれをのんで、寝室へはいってきた。

「早苗、どうだい、気分は」

そう云いながら、彼は隅のベッドの方へ廻って来そうにするので、早苗になりすました夫人は、毛布を顎までかぶって、顔を電燈の蔭にそむけて、うしろ向きのまま、さも不機嫌らしく答えた。

「ええ、いいのよ。もういいのよ。あたしねむいんですから」

「ハハハハハ、お前、なんだか今日はへんだね。おこっているのかね」

だが、岩瀬氏は、深くも疑わず、不機嫌な娘には逆らわぬようにして、小声で謡《うたい》などうなりながら、寝間着に着かえると、ベッドについた。

夫人がすりかえておいた、強い睡眠剤の効き目はてきめんであった。彼は枕についたかと思うと、おそいかかる睡魔に、何を考える暇もなく、たちまちグッスリと寝入ってしまった。

× × ×

それから一時間あまりたった午後十時頃、自室で読書をしていた明智小五郎は、隣室のドアとおぼしきあたりに聞こえるあわただしいノックの音におどろかされて、廊下に出て見ると、ボーイが一通の電報を手にして、しきりと岩瀬氏を呼び起こしていた。

「そんなに呼んでも返事がないのはへんだね」

明智はふと不安を感じて、ボーイと一しょに、他室の迷惑もかまわず、はげしくドアをたたいた。

たたきつづけていると、強い睡眠剤の眠りも、さすがに妨げられたのか、部屋の中から、かすかに岩瀬氏の寝ぼけ声が聞こえた。

「なんだ、なんだ、そうぞうしい」

「ちょっとあけて下さい。電報が来たんです」

明智が叫ぶと、やっとカチカチと鍵の音がして、ドアが開かれた。

寝間着姿の岩瀬氏は、さもねむくてたまらないというように、目をこすりながら、電報を開いて、ぼんやりと眺めていたが、

「畜生、また、いたずらだ。こんなもので、人の寝入りばなを起こすなんて」

と舌打ちをして、それを明智に渡した。

「コンヤジュウニジヲチュウイセヨ」

文面は簡単だけれど、その意味は明瞭であった。「今夜十二時に早苗さんの誘拐が行われるぞ」という例のおどし文句なのだ。

「お嬢さん、別状ありませんか」

明智はちょっと真剣な調子になってたずねた。

「大丈夫、大丈夫、早苗はちゃんとわしの隣に寝ています」

岩瀬氏はヨロヨロと寝室のドアに近づいて、そこから隅のベッドを見ながら、安心したようにいった。

明智もそのうしろから、ソッとのぞいて見たが、早苗さんは向こうをむいて、スヤスヤと眠っていた。

「早苗はこの頃わしと同じように、毎晩カルモチンを呑むのでよく寝入ってます。それに、今夜は気分がすぐれぬといっていましたから、かわいそうです、起こさないでおきましょう」

「窓はしめてありますか」

「それも大丈夫、昼間から、すっかり掛け金がかけてあります」

岩瀬氏はそういうと、もうベッドの上に這いあがっていた。

「明智さん、恐縮だが、入り口をしめて、鍵はあんたが預かっておいて下さらんか」

彼はもう、眠いのが一ぱいで、鍵をかけるのも面倒なのだ。

「いや、それよりも、僕はしばらくこの部屋にいましょう。寝室のドアはあけたままにしておいて下さい。そうすれば、あなたがおやすみになっても、窓の側《がわ》はここから見えますから、もしたれか窓を破って侵入して来ても、すぐにわかります。窓さえ注意していれば、ほかに出入り口はないのですから」

明智は一度引き受けた事件には、あくまで忠実であった。彼はそのまま居間の方の椅子に腰をおろして、煙草に火をつけて、じっと寝室を監視していた。

三十分ほど経過したが、何事も起こらない。ときどき立って行って寝室をのぞいて見たが、早苗さんは同じ姿勢でねむりつづけている。岩瀬氏も高いびきだ。

「あら、まだ起きていらっしゃいましたの。ボーイが、さっき妙な電報が来たといっていましたので、気がかりになって、あがって来たのですけど」

声におどろいて振り向くと、半ば開いたままになっていたドアのそとに、緑川夫人が立っていた。

「ああ、奥さんですか。電報が来たには来たんですが、こうしていれば大丈夫ですよ。僕はばかばかしい見張り役です」

「では、やっぱりこのホテルへまで、おどかしの電報が来たんですか」

黒衣の婦人は云いながら、ドアを開いて部屋の中へはいって来た。

読者諸君はもしかしたら、「作者はとんでもない間違いを書いている。緑川夫人は早苗に化けて、岩瀬氏の隣のベッドに寝ているではないか、その同じ緑川夫人が、廊下からはいって来るなんて、まったくつじつまの合わぬ話だ」と抗議を持ち出されるかも知れぬ。

だが作者は決して間違ってはいない。両方ともほんとうなのだ。そして、緑川夫人はこの世にたった一人しかいないのだ。それがどういう意味であるかは、物語が進むにしたがって明らかになって行くであろう。

暗闇の騎士

「早苗さんはよくおやすみですの？」

緑川夫人はドアをしめて、明智の前に腰かけ、ソッと寝室の方を見やりながら、低声でたずねた。

「ええ」

明智は何か考えごとをしながら、ぶっきらぼうに答える。

「お父さんもあちらに、ご一しょにおやすみですの？」

「ええ」

前章にもしるした通り、父岩瀬庄兵衛氏は、麻酔薬の睡魔におそわれ、明智に見張りを頼んだまま、早苗さんの隣に並んだベッドにはいって、寝入ってしまっていたのだ。

「まあ、空返事《から》ばっかりなすって」緑川夫人はにっこりと微笑して、「何を考えこんでいらっしゃいますの。こうして見張っていらしっても、まだご心配ですの？」

「ああ、あなたはまだ」明智はやっと顔をあげて夫人を見た。「さっきの賭けのことをいっていらっしゃるのですね。僕が負けになって、お嬢さんが誘拐されればいいと、けしからんことを願っていらっしゃるのですね」

と、彼も美しい人のからかいに応酬した。

「あら、いやですわ。岩瀬さんのご不幸を願っているなんて。ただ、あたしご心配申しあげていますのよ。で、その電報にはなんと書いてございまして？」

「今夜十二時を用心しろというのです」

明智はおかしそうに答えて、マントルピースの置時計を眺めた。その針は十時五十分を示している。

「まだあと一時間あまりございますわね。あなたはずっとここに起きていらっしゃるんでしょう。退屈じゃございませんか」

「いいえ、ちっとも、僕は楽しいのですよ。探偵稼業でもしていなければ、こういう劇的な瞬間が、人生に幾度味わえるでしょう。奥さんこそお眠いでしょう。どうかおやすみ下さい」

「まあ、ずいぶんご勝手ですこと。あたしだって、あなた以上に楽しうございますのよ。女は賭けには目のないものですわ。おじゃまでしょうけど、おつき合いさせて下さいません？」

「また賭けのことですか。では、どうかご随意に」

そうして、この異様な男女の一と組は、しばらく黙ったまま対坐していたが、夫人はふとそこのデスクの上においてあったトランプの札に気づいて、睡気《ねむけ》ざましに一と勝負と提議し、明智も同意して、賊を待つ間の、奇妙なトランプ遊戯が始まった。

恐ろしいからこそ待ち遠しい一時間が、トランプのおかげで、つい知らぬ間にたっていった。その間も、明智は寝室との境の、開け放ったドアの向こうに、抜け目なく目をくばりつづけていたことはいうまでもないが、寝室の窓（もし賊が外部から侵入するとすれば、この窓が残されたただ一つの通路であった）には何らの異状も起こらなかった。

「もう止《よ》しましょう。あと五分で十二時ですわ」

緑川夫人が、もうトランプなどもてあそんでいられないという、イライラした表情になっていった。

「ええ、あと五分です。まだ一と勝負は大丈夫ですよ、そうしているうちに、何事もなく十二時がすぎてしまいますよ」

明智はカードをまぜ合わせながら、のん気らしくさそいかけた。

「いいえ、いけません。あなたは賊を軽蔑なすってはいけません。さっき談話室でもお話ししました通り、あたし、この賊にかぎって、約束をほごにするようなことはあるまいと思いますの。きっと、きっと今に……」

夫人の顔は異様に緊張していた。

「ハハハハハ、奥さん、そう神経的になってはいけませんね。その賊は、一体どこからはいって来るとおっしゃるのです」

明智の言葉に夫人は思わず手をあげて、入口のドアを指さした。

「ああ、あのドアから。では、奥さんのご安心のために、鍵をかけておきましょう」

明智は立って行って、岩瀬氏から預かった鍵でドアにしまりをした。

「さア、これでドアをこわさなければ、だれも早苗さんのベッドへ近よることは出来ません。ご承知の通り寝室へはこの部屋を通るほかに通路はないのですから」

すると、夫人は、怪談におびえた子供のように、また手をあげて、こんどは薄ぼんやりと見えている寝室の窓を指さすのだ。

「ああ、あの窓。賊が中庭から梯子《はしご》をかけて、あの窓へよじのぼって来るとでもおっしゃるのですか。しかしあの窓の戸には、中からちゃんと掛け金がかけてあるのです。よしまた窓ガラスを切り破ってはいって来るようなことがあったとしても、ここからは一と目にわかるのだから、いざという時には、僕の射撃の腕前をお目にかけるばかりですよ」

明智は云いながら、コツコツと右のポケットをたたいて見せた。そこには小型のピストルがひそませてあったのだ。

「早苗さんはなにも知らずに、よくお寝《よ》ってですわね。でも岩瀬さんは、どうして起きていらっしゃらないのでしょう。こんな場合に、ちとのん気すぎるようですわ」

夫人はソッと寝室の中をのぞきに行って、不審らしくいった。

「二人とも毎晩睡眠剤を呑んで寝るのだそうです。恐ろしい予告状で、神経衰弱になっているのですね」

「あら、もう一分しかありませんわ。明智さん大丈夫でしょうか」

夫人が立ちあがって頓狂《とんきょう》な声を立てた。

「大丈夫ですとも、この通り何事も起こらないじゃありませんか」

明智も思わず立って、異様に昂奮している夫人の顔を、不思議そうにのぞきこんだ。

「でも、まだ三十秒あります」

緑川夫人は、燃えるような目で明智を見返しながらいった。ああ、女賊は今、勝利の快感に酔っているのだ。名探偵明智小五郎を向こうに廻して、ついに凱歌《がいか》をあげる時が来たのだ。

「奥さん、あなたは、そんなに賊の腕前を信用なさるのですか」

明智の目にも一種の光が宿っていた。彼は夫人の解《げ》しがたい表情の謎を解こうとして苦悶《くもん》しているのだ。なんだろう。このえたいの知れない美人は、一体何を考えて、こんなに昂奮しているのだろう。

「ええ、信用しますわ。あんまり小説的な空想かも知れませんけど。でも、今にも暗闇の騎士が、どこからかソッと忍びこんで来て、美しいお嬢さんをかどわかして行くのではないかと、こうアリアリと目に見えるように思われてなりませんの」

「ウフフフフ」明智がとうとうふきだしてしまった。

「奥さん、ごらんなさい。あなたがそんな中世紀の架空談をやっていらっしゃるあいだに、時計はもう十二時を過ぎてしまいましたよ。やっぱり賭けは僕の勝ちでしたね。では、あなたの宝石を頂きましょうか。ハハハハハ」

「明智さん、あなたはほんとうに賭けにお勝ちになったとお思いになりまして？」

夫人は紅《あか》い唇を毒々しくゆがめて、わざとゆっくりゆっくり物をいった。彼女は勝利の刹那の快感に、つい貴婦人らしい作法をさえ忘れてしまったのだ。

「エッ、すると、あなたは……」

明智は敏感にその意味をさとって、なんとも知れぬ恐怖に、サッと顔色を変えた。

「あなたはまだ、早苗さんが果してかどわかされなかったかどうか、確かめてもごらんなさらないじゃありませんか」

夫人は勝ちほこったようにいうのだ。

「しかし、しかし、早苗さんは、ちゃんと……」

さすがの名探偵もしどろもどろであった。気の毒にも、彼の広い額には、じっとりと脂汗が浮かんでいた。

「ちゃんとベッドにおやすみになっているとおっしゃるのでしょう。でも、あすこに寝ているのがほんとうに早苗さんでしょうかしら。もしやだれかまったく別の娘さんではないでしょうかしら」

「そんな、そんなばかなことが……」

口では強くいうものの、明智が夫人の言葉におびやかされていた証拠には、彼はいきなり寝室に駈けこんで、寝入っている岩瀬氏を揺り起こした。

「な、なんです。どうかしたのですか」

岩瀬氏はさいぜんから、睡魔と戦って半ば意識を取りもどしていたので、ゆり動かされると、ガバと半身を起こして、うろたえてたずねた。

「お嬢さんを見て下さい。そこにやすんでいらっしゃるのは、確かにお嬢さんにちがいありませんね」

明智らしくもない愚問である。

「なにをおっしゃるのだ。娘ですよ。あれが娘でなくして一体だれが……」

岩瀬氏の言葉が、プッツリ切れてしまった。彼は何かしらハッとしたように、早苗さんのうしろ向きの頭部を凝視《ぎょうし》しているのだ。

「早苗！　早苗！」

岩瀬氏のせきこんだ声が、令嬢の名を呼びつづけた。返事がない。彼はベッドをはなれて、よろよろと早苗さんのベッドに近づき、彼女の肩に手を掛けてゆり起こそうとした。

だが、ああ、一体全体これはどうしたことだ。そこには実にへんてこなことには、肩というものがなかったのだ。押さえると毛布がペコンとへこんでしまったのだ。

「明智さん、やられた。やられました」

岩瀬老人の口から、なんともいえぬ怒号がほとばしった。

「だれです。そこに寝ているのは、お嬢さんではないのですか」

「これを見て下さい、人間じゃないのです。わしらは実に飛んでもないペテンにかかったのです」

明智と緑川夫人とが駈け寄って見ると、なるほど、それは人間ではなかった。早苗さんだとばかり思いこんでいたのは、一個無生《むしょう》の人形の首にすぎなかった。よく洋品店のショウ・ウインドウなどに見かける あの首ばかりの人形に眼鏡をかけ、早苗さんとそっくりの洋髪のかつらをかぶせたものにすぎなかった。胴体のかわりには敷蒲団をそれらしい形に丸めて、毛布がかぶせてあったのだ。

名探偵の哄笑《こうしょう》

ああ、人形の首。なんというズバぬけた欺瞞《ぎまん》だろう。あまりにも人を喰《く》った子供だましのトリックではないか。だが、子供だましのトリックであったからこそ、大人たちがまんまと一ぱい喰わされたのだ。さすがの明智小五郎も犯人にこれほど思い切った稚気《ちき》があろうとは、想像も出来なかったのだ。

それにしても、緑川夫人のいわゆる「暗闇の騎士」とは何者であったか。早苗さんを誘拐して、その身がわりに滑稽な人形の首を残して行ったしゃれ者は、一体だれであったか。読者諸君はよくご存じだ。その「暗闇の騎士」とはほかでもない緑川夫人その人であった。前章にしるした通り、彼女は早苗さんに変装して、一応そのベッドにはいり寝入った体をよそおって岩瀬氏を安心させておいて、さて相手が睡眠剤に熟睡した頃を見はからい、用意の人形の首を身代りにして、ソッと自室に立ち帰ったのだ。彼女が岩瀬氏の部屋に忍びこむ時、何かしらかさばった風呂敷包みを、小脇に抱きかかえていたことは、読者も記憶されるであろう、それが魔術の種、人形の首であった。

明智小五郎は、長い素人《しろうと》探偵生活中に、これほどみじめな立ち場におかれたことはなかった。岩瀬氏の信頼に対しても、緑川夫人への広言に対しても、引っこみのつかない窮境《きゅうきょう》であった。しかもその失策の原因が、子供だましの人形の首とあっては、恥じても恥じきれない恥辱ではないか。

「明智さん、あんたにお願いしておいた娘が、これ、この通り盗まれてしまったのです。取り戻してもらわねばなりません。早く手配をして下さい。あんた一人の力に及ばなければ、警察の力を借りて……そうだ、こうなれば、もう警察より頼るものはない。警察へ電話をかけて下さい。それとも、わたしがかけましょうか」

岩瀬庄兵衛氏は、激情のあまり紳士のつつしみを忘れてつい乱暴な言葉も吐くのだ。

「いや、お待ち下さい。いま騒ぎ立てたところで、賊を捉《とら》えることは出来ません。誘拐は、少なくとも二時間以前に行われたのです」

明智は死にものぐるいの気力で、やっと冷静を保ち、鋭く頭を働かせながらいった。

「僕がこの部屋で見張りをしている間には、何事も起こらなかったことを断言します。犯罪はあの電報が配達される前に行われたと考えるほかはありません。つまりあの電報の真意は、犯罪の予告ではなくて、すでに行われた犯罪をこれから起こるもののように見せかけ、十二時までわれわれの注意をこの部屋に集めておくことにあったのです。そして、その間に賊は充分安全な場所へ逃亡しようという計画だったのです」

「ホホホホホ、あら、ごめんなさい。つい笑ってしまって。でも、名探偵といわれる明智さんが、二時間も、一所懸命にお人形の首の番をしていらしったかと思うと、おかしくって……」

緑川夫人が場所がらをもわきまえぬ毒口をきいた。彼女は今や完全に勝利を得たのだ。こみあげて来る歓喜をどうすることも出来なかったのだ。

明智は歯を喰いしばって、この嘲笑《ちょうしょう》に堪えた。彼は敗者には相違なかった。だが、全く敗れてしまったのだとはどうしても思えない。何かしら心の隅に一縷《いちる》の望みが残っているような気がした。彼はそれをたしかめるまでは、この勝負をあきらめる気にはなれなかった。

「だが、こうして待っていたって、娘が帰って来るものでもありますまい」岩瀬氏は緑川夫人の同情のない無駄口に一そうイライラして、明智に突っかかっていった。

「明智さん、わたしは警察へ電話をかけますよ、まさか不服だとおっしゃるのではあるまいね」

彼は返事も待たず、居間の方へよろめいて行って、卓上の電話器を取ろうとした。

するとちょうどその時、まるで申し合わせでもしたように、先方からジリジリと呼び出しのベルが鳴りひびいた。

岩瀬氏はチェッと舌打ちしながら、仕方なく受話器を取りあげ、罪もない交換手を口ぎたなくどなりつけていたが、やがて、かんしゃく声で明智を呼んだ。

「明智さん、あんたに電話だ」

明智はそれを聞くと、何か忘れものを思い出しでもしたように、ハッとして、いきなり電話器へ飛んで行った。

電話はなんの用件であったか、彼は熱心に受け答えをしていたが、最後に、

「二十分？　そんなにかかるものか。十五分？　いやいや、それではおそい。十分だ。十分で駈けつけたまえ。僕は十分しか待たないよ。いいか」

という明智の謎のような言葉で電話が切れた。

「ご用がすんだら、ついでに警察を呼び出すようにいって下さらんか」

明智のそばに立ちはだかって待ち構えていた岩瀬氏が、イライラしながら皮肉まじりにいう。

「警察に報告するのは、そんなに急ぐことはありません。それよりも、少し僕に考えさせて下さい。僕は大へんな思いちがいをしていたのです」

明智は岩瀬氏に取り合おうともせず、そこに突っ立ったまま、のんき千万にも、何かしら考えごとを始めた。

「明智さん、あんたはわたしの娘のことは考えて下さらんのか。あんなに固く引き受けておきながら……」

明智の解しがたい態度に、岩瀬氏の怒りがますます高じて行くのは無理もないことであった。

「ホホホホホ、岩瀬さん、明智さんはね、お嬢さんのことなんかお考えになる余裕がありませんのよ」

いつの間にか寝室から居間の方へはいって来た緑川夫人のほがらかな声が聞こえた。

「え、え、なんとおっしゃる」

岩瀬氏があっけにとられる。

「明智さん、今お考えになってることあてて見ましょうか。私との賭けのこと、ね、そうでしょう。ホホホホ」

女賊は今や名探偵への敵意をあらわにして、大胆不敵の態度を示した。

「岩瀬さん、明智さんはあたしと賭けをなさいましたの。素人探偵という職業をお賭けなさいましたのよ。そして、とうとう明智さんの負けときまったものですから、あんなにうなだれて考えこんでいらっしゃるのですわ。ね、そうでしょう、明智さん」

「いや、奥さん、そうではないのです。僕がうなだれていたのは、あなたをお気の毒に思ったからです」

明智は負けずに応酬する。誘拐された娘のことはほったらかしておいて、これはまあ一体どうしたというのだ。岩瀬氏はあまりのことに茫然《ぼうぜん》として、二人の顔を見くらべるばかりであった。

「まあ、あたしが気の毒ですって。どうしてですの」

夫人が詰め寄る。さすがの女賊も名探偵の眼の底にひそむ、不思議な微笑を、見破ることが出来なかったのだ。

「それはね……」明智は彼自身の言葉を楽しむようにゆっくりゆっくり口をきいた。「賭けに負けたのは、僕ではなくて、奥さん、あなただからです」

「まあ、何をおっしゃいますの。そんな負け惜しみなんか……」

「負け惜しみでしょうか」

明智はさも楽しそうだ。

「ええ、負け惜しみですとも、賊をとらえもしないで、そんなことおっしゃったって」

「ああ、では奥さんは、僕が賊を逃がしてしまったとでも思っていらっしゃるのですか。決して決して。僕はちゃんとその曲者《くせもの》をとらえたのですよ」

それを聞くとさすがの女賊も、ギョッとしないではいられなかった。このえたいの知れぬ男は、さっきまであんなに失望していたくせに、急に何を云い出したのであろう。

「ホホホホホ、おもしろうございますこと。ご冗談がお上手ですわね」

「冗談だと思いますか」

「ええ、そうとしか……」

「では、冗談でない証拠をお目にかけましょうか。そうですね、たとえば……あなたのお友達の山川健作氏が、このホテルを出てどこへ行かれたか、その行先を僕が知っていたら、あなたはどう思います」

緑川夫人がそれを聞くと、サッと青ざめて、思わずヨロヨロとよろめいた。

「山川氏が名古屋までの切符を買いながら、どうして途中下車したか。そして、同じ市内のMホテルへ宿を取ったか。また、同氏の大型トランクの中には、一体何がはいっていたのか。それを僕が知っていたら、あなたはどう思います」

「嘘です。嘘です」

女賊はもう物をいう力もないかに見えた。ただ口の中で否定の言葉をつぶやくばかりだ。

「嘘ですって。ああ、あなたはさっきの電話が、どこからかかって来たかを気づかないのですね。では、説明して上げましょう。僕の部下からです。僕はさいぜんあなたに罵倒されながらも、ただ、それだけを待っていたのです。なぜといって、もし早苗さんがホテルからつれ出されたとしたら、ホテルの四方に配置しておいた五人もの僕の部下が、それを見逃すはずがないからです。五人のものに、いささかでも疑わしい人物は片っぱしから尾行して見よと、固く云いつけておいたからです。

「ああ、あの電話が、どんなに待ち遠《まどお》だったでしょう。だが、結局勝利は僕のものでしたね。奥さん、あなたの失策は、僕が一人ぽっちだと早合点《はやがってん》をなすったことですよ。僕には部下なんかないものと、ひとりぎめをなすったことですよ。では、奥さん、お約束にしたがって、あなたの宝石をすっかり頂くことにしましょうかね。ハハハハハ」

止めどのない哄笑であった。今こそ勝者と敗者の位置が逆転したのだ。つい今し方まで緑川夫人が味わったと同じ、或いはそれ以上の勝利の快感が、明智の胸をくすぐった。笑うまいとしても、笑わずにはいられなかった。女賊はしかし、さすがに、さつき明智が示したのと同じほどの気力をもって、この哄笑を堪え忍んだ。

「では、早苗さんは取り戻せたのですか、おめでとう。そして、山川さんはどうなったのでしょうか」

彼女は声をふるわすまいと気を張りながら、さも冷やかにたずねた。

「残念ながら逃亡してしまったそうです」

明智が正直に答える。

「おや、犯人は逃げてしまいましたの。まあ……」

緑川夫人は、安堵《あんど》の色をかくすことが出来なかった。

「いや、ありがとう、ありがとう、明智さん。わたしはそうとも知らず昂奮してしまって、失礼しました。許して下さい。だが、さっきあんたは、犯人をとらえたようにおっしゃったと思うが、今のお話では、やっぱり逃がしてしまったのですか」

岩瀬氏が、この意外の吉報に、すっかり機嫌を直してこうたずねる。

「いや、そうではありません。山川というのは今度の犯罪の主謀者ではないのです。僕がさっき犯人をとらえたと云ったのは、決してでたらめではありません」

明智のこの言葉は、緑川夫人の顔を紫色にする力を持っていた。彼女はたちまち、追いつめられた猛獣のような恐ろしい表情になって、キョロキョロとあたりを見廻した。

だが、逃げ出そうにも、入口のドアにはちゃんと鍵がかけてあるのだ。

「では、犯人はどこにいるのです」

岩瀬氏はそれとも気づかず聞きかえす。

「ここに、われわれの目の前にいます」

明智がズバリといってのける。

「ホウ、目の前に、だが、ここにはあんたとわたしと緑川さんのほかには、だれもいないようじゃが……」

「その緑川夫人こそ恐ろしい女賊です。早苗さんを誘拐した張本人です」

十数秒の間、死のような沈黙がつづいた。三人が三様のまなざしをもって、お互いをにらみ合った。

やがてその沈黙を破ったのは緑川夫人であった。

「まあ、飛んでもないことです。山川さんが何をなさろうと、あたしの知ったことではありません。ただ、ちょっとしたお知合いの縁で、ホテルへご紹介しただけですもの。あんまりですわ。そんな、そんな……」

だが、これが妖婦の最後のお芝居であった。

彼女の言葉が終るか終らぬに、コツコツとドアをノックする音が聞こえた。

明智はそれを待ちかねていたように、す早くドアに近づいて、手にしていた鍵でそれを開いた。

「緑川夫人、君がいかに云い逃れようとしても、ここに生きた証拠がいる。君は早苗さんの前でも、そんな空々しい嘘をいえるのか」

明智が最後のとどめを刺した。

ドアの向こうから現われたのは、明智の部下の青年、青年の肩にぐったりとよりかかってわずかに立っている青ざめた早苗、それを守るように附きそっている制服巡査の三人の姿であった。

女賊黒蜥蜴は今や、絶体絶命の窮地に立った。味方はかよわい女一人、敵は早苗さんを除いても、巡査まで加わった四人の男、逃げようとて逃げられるものではない。

だが、なんというやせ我慢であろう。彼女はまだへこたれたようには見えなかった。いや、それればかりではない。実に驚くべきことには、彼女の青ざめた頬に、一脈の血の気が上ったかと思うと、ゾッとするような微笑が浮かび、それがだんだん大きくほころびていったでないか。

ああ、不敵の女賊は、最後のどたん場に立って、何がおかしいのか、異様に笑い出したのだ。

「フフフフフ、これが今晩のお芝居の大詰《おおづめ》ってわけかい。まあ、名探偵っていわれるだけのことはあったわね。今度はどうやらボクの負けだね。負けということにしておこうよ。だが、それで、どうしようっていうの？　ボクを捕縛《ほばく》しようとでも思っているの？　そいつは少し虫がよすぎはしないかしら。探偵さん、よく思い出してごらん。あんた何か失策をしてやしない。え、どうなの？　うっかりしている間に、何か無くしやしなくって、ホホホホホ」

彼女は一体なんの頼むところがあって、この大言を吐いているのであろう。

明智がどんな失策をしたというのであろう。

名探偵の敗北

探偵の職に在る者が、手ごわい犯罪者を捕えた時の喜悦は、常人の想像にも及ばない。その喜悦のあまり、彼がつい気をゆるし過ぎてしまったとしても、あながち無理ではなかった。

「黒蜥蜴」は敗北にうちひしがれながらも、持ち前の鋭い頭脳を敏捷《びんしょう》に働かせて、この窮地を脱する計画を思いめぐらした。そして、とっさの間に一つの冒険を思い立ったのだ。

彼女はやっと引きつった表情をやわらげ、明智探偵を笑い返すことができた。

「で、どうしようっていうの？　ボクを捕縛しようとでも思っているの？　ホホホホホ、それはちっと、虫がよすぎやしなくって？」

なんという傍若無人。かよわい女の身で、味方は一人、相手は、病人同然の早苗さんを除いても、屈強の男が四人、その中には制服いかめしいお巡りさんもまじっているではないか。

逃げ路はたった一つ、廊下に通ずるドアしかない。しかもそのドアの前には、今はいって来たばかりの明智の部下と警官とが、通せんぼうをして立ちはだかっている。窓から飛び出そうにも、ここは階上だし、その外は、グルッと建物でかこまれた内庭なのだ。一体全体、彼女はどんな方法で、この窮地を脱するつもりなのだろう。

「つまらない虚勢《きょせい》はよしたまえ。さあ、警官、この女をお引き渡しします。遠慮なく縄をかけて下さい。これが今度の誘拐団の主犯です」

明智は「黒蜥蜴」の挑戦を黙殺して、入口の警官に言葉をかけた。

よく事情を知らない警官は、この美しい貴婦人が犯人と聞いて、面くらったように見えたが、捜査課で信用のあつい明智の顔は見知っていたので、いわれるままに、緑川夫人のそばに近づこうとした。

「明智さん、右のポケットをさわってごらんなさい。ホホホホホ、からっぽじゃなくって」

緑川夫人の「黒蜥蜴」が、近づく警官を尻目《しりめ》にかけながら、かん高く云った。

明智はハッとして、思わずそのポケットへ手をやった。無い、確かに入れておいたブローニングがない。女賊「黒蜥蜴」は指先の魔術にもたけていたのだ。さいぜん、寝室での騒ぎの間に、用意周到にも、明智のポケットから、そのピストルをちゃんとぬき取っておいたのだ。

「ホホホホホ、明智さん、スリの手口もご研究にならなくっちゃ駄目だわ。あなたの大切のもの、ここにあるのよ」

女賊はにこやかに笑いながら、洋服の胸から小型の拳銃をつまみ出してキッと前に構えた。

「さア、皆さん、手をあげて下さらない。でないと、あたしだって、明智さんにおとらない射撃の名手なのよ。それにあたし、人間の命なんて、なんとも思ってませんのよ」

今一歩で彼女に組みつこうとしていた警官が、立ち往生《おうじょう》をしてしまった。残念なことには、誰も飛び道具を持っているものはなかった（註、そのころの警官はピストルを持たされていなかった）。

「手を、さア、手をあげなってったら」

黒蜥蜴は目をすえて、紅い唇をなめながら、四人の男に向って、次々と筒口《つつくち》を向けていった。引き金にかけた白い指が、今にもギュッと力を入れそうに、ブルブルふるえている。

彼女の殺気ばしった、というよりは一種気違いめいた表情を見ると、いわれるままに手をあげないではいられなかった。大の男が意気地のない話だけれど、警官も、明智の部下も、岩瀬氏も、名探偵明智小五郎さえも、ばんざいを中途でやめたような恰好をしないわけにはいかなかった。

緑川夫人は（その時も例の黒ずくめの洋服であったが）あだ名の黒蜥蜴そっくりのす早さで、サッとドアの所へ駈け寄った。

「明智さん、これが、あんたの第二の失策よ。ほら」

云いながら、あいている左手をうしろに廻して、さいぜん明智がドアを開けた時、鍵穴に差したままにしておいた鍵を抜き取ると、キラキラと顔の前で振って見せた。

まさかこんなことになろうとは想像もしなかったので、あわただしい折りから、明智はなんの気もなく鍵をそのままにしておいたのだが、それを見逃さず、とっさに利用することを考えついた女賊の智恵の鋭さ。

「それから、お嬢さん！」

彼女はもうドアをあけて、片足を廊下にふみ出しながら、しかしピストルは油断なく構えたまま、今度は早苗さんに声をかけた。

「あんたはほんとうにかわいそうだと思うけど、日本一の宝石屋の娘さんに生まれついたのが不運とあきらめてね。それに、あんたは、あんまり美し過ぎたのよ。ボクは宝石もご執心だけど、宝石よりも、あんたのからだがほしくなった。決して断念しないわ。ねえ、明智さん、ボクは断念しないよ。お嬢さんは改めて頂戴に上がりますよ。じゃ、さよなら」

バタンとドアがしまって、外からカチカチと鍵をかける音。早苗さんと四人の男とは、部屋の中へとじこめられてしまった。鍵は一つしかない。それを持ち去られたのでは、ドアを叩き破るか、高い窓から飛び降りるほかに、ここを脱け出す方法はない。だが、たった一つ、電話という武器が残っている。

明智は卓上電話に飛びついて、交換台を呼び出した。

「もしもし、僕は明智、わかったね。大急ぎだよ。ホテルの出口という出口に見張りをさせてくれたまえ。そして、緑川夫人、緑川夫人だよ。あの人が今外出するから、つかまえるんだ。重大犯人だ。どんなことがあっても逃がしちゃいけない。早く、支配人やみんなにそういってくれたまえ。いいかい。ああ、もしもし、それからね、ボーイにね、岩瀬さんの部屋へ合鍵を持ってくるようにいってくれたまえ。これも大急ぎだよ」

電話をかけ終ると、明智は地だんだをふむようにして、部屋の中を往ったり来たりしていたが、また、せっかちに受話器を取った。

「もしもし、さっきのこと、うまくやってくれたかい。支配人にそういってくれたかい。ウン、よしよし、それでいい。ありがとう。じゃ、ボーイに合鍵を早くって云ってくれたまえ」

それから、彼は岩瀬氏の方に向き直っていうのだ。

「ここの交換手はなかなか気が利いている。手早く計らってくれましたよ。出口という出口には見張りがついたそうです。あの女がいくら早く走っても、ここから階段までは相当距離があるんだし、階段を降りて出口までもなかなか遠いのだから、多分、ええ、多分、大丈夫ですよ。まさかあの有名な緑川夫人を見知らない雇人《やといにん》はいないでしょうからね」

だが、この明智の機敏な手配それ自身が、またしても一つの失策であった。

黒蜥蜴は大急ぎで階段を降りると、実に意外にも、出口に向かおうとしないで、自分の部屋へはいってしまった。

三分間、かっきり三分間であった。

再び彼女の部屋のドアがあくと、そこから一人の意外な青年紳士が出て来た。恰好のいいソフト帽、はでな柄の背広服、気取った鼻眼鏡、濃い口髭、右手にはスネークウッドのステッキ、左手にはオーバーコート。

これがわずか三分間の変装とは、(注3)お染《そめ》の七化《ななば》けもはだしの早業、魔術師と自称する

「黒蜥蜴」でなくては出来ない芸当だ。（そういう変装用の服装は、いつも旅行鞄の底に用意されていたのだ）その上、なんとまあ抜け目のないことには、トランクの中の宝石類は、一つもあまさず、その背広服のポケットへおさまっていたのである。

青年紳士は廊下の曲り角まで来ると、ちょっと躊躇した。表からにしようか、それとも裏口からにしようかと。

その時分にはもう、合鍵が間に合って、明智たちは階下へ降りていたが、まさか表玄関から逃げ出しもしまいと、その方は支配人にまかせ、手分けして幾つかの裏口の見張りをしていたのだが、「黒蜥蜴」は早くもそれと察したのか、大胆不敵にも、胸を張り、ステッキを振りながら、靴音も高く表玄関を通って外に出た。

そこには、支配人を初め三人のボーイが、ひどく緊張して見張り番を勤めていたのだけれど、なにをいうにも百人に近い泊り客、そこへそれぞれ外からのお客様があるのだから、一人一人の顔を見覚えているわけではないし、それに、目ざすは緑川夫人と、女客ばかりを注意していたものだから、ニッコリえしゃくして通り過ぎたこの青年紳士を、まさかそれとは思いもよらず、「どうもお騒がせいたしまして」と、丁寧にお辞儀までして、送り出したのであった。

青年紳士は、玄関の石段をコツコツ降りると、おひろい(注4)で、口笛など吹きながら、ゆっくりと門の外へ歩いて行った。

ホテルの塀にそって、薄暗いペーヴメントを、少し行った所で、煙草を吹かしながら様子ありげにたたずんでいる一人の洋服男に出会った。

青年紳士は何を思ったのか、いきなりその男の肩をポンと叩いて、快活にいった。

「やア、君はもしや明智探偵事務所の方じゃありませんか。なにをぼんやりしているんです。今ホテルでは賊が捕まったといって大騒ぎですよ。早く行ってごらんなさい」

すると、案の定、その男は明智の部下であったと見えて、

「人違いじゃありませんか。明智探偵なんて知りませんよ」

とさすがに用心深い返事をしたが、滑稽にも、言葉と仕草とはうらはらに、青年紳士が二三歩行くか行かないうちに、もうアタフタと、ホテルの方へ駈け出していた。

「黒蜥蜴」は、クルリと廻れ右をして、その後姿を見送ったが、こみ上げて来るおかしさに、ついわれを忘れて、

「ウフフフフ」

と、不気味な笑いをもらすのであった。

怪老人

明智は敗北した。しかし弁解の余地がないではなかった。少なくとも、依頼を受けた早苗さん保護の役目だけは、完全に果したからだ。岩瀬氏は、女賊を逃がしたことなどは二の次にして、ただ娘の助かったことを感謝した。明智の手腕を讃美しておかなかった。それに、こういう結果になった大半の責任は、岩瀬氏にあったといってもいいのだ。「黒蜥蜴」の変装をわが娘と信じきって、その隣のベッドに寝ながら、賊のからくりを看破《かんぱ》し得なかったのは、なんといっても岩瀬氏の手落ちであった。

だが、明智はそういうことで慰められはしなかった。相手もあろうに、かよわい女のためにこの敗北を見たかと思うと、悔んでも悔み足りない気持であった。

殊《こと》に、見張りの部下の口から、相手がす早い変装で逃れ去ったことを知ると、思わず「ばかッ」と、その部下を呶鳴《どな》りつけたほど、腹が立った。

「岩瀬さん、僕は負けました。あれほどの奴が僕のブラック・リストに載っていなかったのは不思議です。多寡《たか》をくっていたのがいけなかったのです。しかしもうこの失敗は繰り返しません。岩瀬さん、今僕は僕の名にかけてちかいます。たといあいつが再びお嬢さんを狙うようなことがあっても、今度こそは決して負けません。僕が生きているあいだは、お嬢さんは安全です。これだけを、ハッキリ申しあげておきます」

明智は青ざめた顔に、恐ろしいほどの熱意をこめて断言した。稀代《きたい》の強敵を向こうに廻して、彼の闘争心は燃え上がったのだ。

読者諸君、この明智の言葉を記憶に留《とど》めておいて下さい。彼の誓約は果して守られるか。再び失敗を繰り返すようなことはないか。もしそういうことがあったなら、彼は職業的に自滅するほかはないのだが。

その翌日、岩瀬氏父子は、予定を変更して、大いそぎで大阪の自宅に帰った。途中が非常に不安だったけれど、ホテル住まいをつづけるよりは、早く自宅に帰って、一家眷《けん》族《ぞく》の中に落ちつきたかったからだ。

明智小五郎もそれをすすめ、途中護衛の任にあたった。ホテルから駅までの自動車、汽車の中、大阪に到着して出迎えの自動車、賊の手はどこに伸びて来るかわからなかったので、それらの点には綿密の上にも綿密の注意がはらわれた。

結局、早苗さんの一行は無事に自宅に帰ることが出来たのだ。明智はそれから引きつづき岩瀬家の客となって、早苗さんの身辺をはなれなかった。そして、数日はなんの異変もなく過ぎ去った。

さて読者諸君、作者は、ここに舞台を一転して、今までこの物語に一度も現われなかった一人の女性の、不思議な経験を語る順序となった。それは黒蜥蜴や早苗さんや明智小五郎とは、なんの関係もない事柄のように見えるかも知れない。しかし、敏感な読者は、この一女性の奇異な経験が、事件に関してどんな深い意味を持っているかを、容易にさとられるに相違ない。

それは早苗さんが大阪に帰って間もないある夜のことであったが、同じ大阪市内の盛り場S町の通りを、両側のショウ・ウィンドウを眺めながら、用もなげに漫歩《まんぽ》している一人の娘があった。

襟と袖口にチョッピリと毛皮のついた外套が、しかしなかなかよく似合って、ハイ・ヒールの足の運びも軽やかに見えたが、彼女の美しい顔には、なぜか生気がなかった。どことなく捨てばちな、「どうにでもなれ」というような気色がただよっていた。それゆえに、ともすればストリート・ガールなどと見ちがえられそうであった。

現に、彼女をその種類の女性と考えてか、さいぜんから、それとなく彼女のあとをつけている一人の人物があった。茶色のソフトに、厚ぼったい茶色のオーバー、太い籐《とう》のステッキ、大きなロイド眼鏡、髪も髭もまっ白なくせに、テラテラとした赤ら顔の、気味のわるい老紳士だ。

娘の方でも、とっくにそれを気づいていた。だが、彼女は逃げようともしないのだ。ショウ・ウィンドウの鏡を利用して、その老人の様子を、何か興味ありげに眺めさえした。

S町の明るい通りを、ちょっと曲った薄暗い横町に、コーヒーのうまいので有名な喫茶店がある。娘はふと思いついたように、尾行の老紳士をちょっと振り返っておいて、その店へはいって行った。そして、シュロの鉢植えで目かくしをした隅っこのボックスに腰掛けると、なんと人を喰った娘さんであろう、コーヒーを二つ注文したのである。一つはむろん、あとからはいって来る老紳士のためにだ。

案の定、老人は喫茶店へはいって来た。そして、暗い店内をジロジロ眺め廻していたが、娘を見つけると、この老人も彼女の上を行くあつかましさで、そのボックスへ近づいていった。

「やア、ごめんなさい。あんたお一人かな」

そう云いながら、彼は娘と向かい合って、腰をおろしてしまった。

「おじさん、きっといらっしゃると思って、あたし、コーヒー注文しておきましてよ」

娘が老人の倍の大胆さで応酬した。

さすがの老紳士も、これには面くらった体に見えたが、やがて、さも我が意を得たとばかりに、ニコニコして、娘の美しい顔をまっ正面から眺めながら、妙なことをたずねた。

「どうじゃな、失業の味は？」

すると、今度は娘の方でギョッとしたらしく、顔をあかくして、どもりどもり答えた、

「まあ、知ってらしたの？　あなた、どなたでしょうか」

「フフフフフ、あんたのちっともご存知ない老人じゃ。だが、わしの方では、あんたのことを少しばかり知っているのですよ。いって見ようかね。あんたの名前は桜山葉《さくらやまよう》子《こ》、関西商事株式会社のタイピスト嬢であったが、上役と喧嘩《けんか》して、今日首になったばかりじゃ。ハハハハハ、どうだね、当ったでしょう」

「ええ、そうよ。あなたは探偵さんみたいな方ね」

葉子は、たちまちさいぜんからの捨てばちな表情に返って、そんなことに、驚くもんかという調子で、うけ流した。

「まだある。あんたは今日三時頃に会社を出てから今まで、一度も家《うち》へ帰っていない。友達を訪問しようともしない。ただブラブラと大阪の町じゅうを歩き廻っていた。一

体これからどうするつもりなんだね」

　老人は何もかも知っている。彼はきっと、その午後三時から夜ふけまで、ずっと葉子を尾行しつづけていたのにちがいない。一体全体なんの目的で、そんなばかばかしい骨折りをしたのであろう。

「それを聞いてどうなさいますの。で、もしあたしが今晩からストリート・ガールに転業したとしたら、……」

　娘はやけっぱちな薄笑いを浮かべていった。

「ハハハハハ、わしがそういう不良老人に見えるかね。ちがうちがう。それに、あんたはそんな真似の出来る質《たち》じゃない。わしが知らんと思っているのかね、二時間ほど前、君が薬屋の店へはいって、買物をしたのを」

　老紳士は、どうだというように、グッと葉子の眼を見すえた。

「ホホホホホ、これですか。眠り薬よ」

　葉子はハンド・バッグからアダリンの函《はこ》を二つ出して見せた、

「あんたはその若さで不眠症かね。まさかそうじゃあるまい。それに、アダリン二た函というのは……」

「あたしが自殺するとおっしゃるの？」

「ウン、わしは若い女性の気持が、まんざらわからぬ男じゃない。大人たちには想像も出来ない青春の心理じゃ。死が美しいものに見えるのじゃ。汚れぬ身体で死んで行きたいという処女の純情じゃ。そしてお隣には、やけっぱちな、われとわが肉体を泥沼へ落としこもうとするマゾヒズムがいる。ホンの紙一重のお隣同士じゃ。あんたがストリート・ガールなんて言葉を口ばしるのも、アダリンを買ったのも、みんな青春のさせる業《わざ》じゃよ」

「で、つまり、あたしに意見をして下さろうってわけですの？」

葉子は興ざめ顔に、突き放すようにいう。

「いや、どうしまして、意見なんて野暮ったいことはしませんよ。意見じゃない。あんたの窮境を救ってあげようというのじゃ」

「ホホホホホ、まあそんなことだろうと思ってましたわ。ありがと、救って頂いてもよくってよ」

彼女はまだ誤解しているのか、さもおかしそうにじょうだんらしく答える。

「いや、そういう品《ひん》のわるい口をきいてはいけません。わしはまじめに相談しているのじゃ。あんたをお囲いものにしようなんて、へんな意味は少しもない。だが、あんたはわしに雇われてくれますか」

「ごめんなさい。それ、ほんとうですの？」

やっと葉子にも、老人の真意がわかりはじめた。

「ほんとうですとも。ところで、あんたは関西商事で、失礼じゃが、いくら俸給をもらっていましたね」

「四十円(注5)ばかり……」

「ウン、よろしい。ではわしの方は、月給二百円(注5)ということにきめましょう。そのほかに、宿所も、食事も、服装もわしの方の負担です。それから、仕事はというと、ただ遊んでいればいいのじゃ」

「ホホホホホ、まあすてきですわね」

「いや、じょうだんだと思われては困る。これには少しこみ入った仔細《しさい》があって、雇い主の方ではそれでも足りないくらいに思っているのじゃ。それはそうと、あんた両親は？」

「ありませんの。生きていてくれたら、こんなみじめな思いをしなくってもよかったのでしょうけれど」

「すると、今は……」

「アパートに一人ぼっちですの」

「ウン、よしよし、万事好都合じゃ。それでは、あんたはこのまますぐ、わしと同道して下さらんか。アパートへは、あとからわしの方でよろしく話しておくことにするから」

実に奇妙な申し出であった。普通の場合なれば、とうてい承諾する気にはなれなかったにちがいない。だが、桜山葉子はその時、貞操をさえ売ろうとしていたのだ。自殺をさえ考えていたのだ。そのやけっぱちな気持が、つい彼女をうなずかせてしまった。

老紳士は喫茶店を出ると、タクシーを拾って、彼女を、見知らぬ場末町の、みすぼらしい煙草屋の二階へつれて行った。そこは畳の赤茶けた、なんの飾りもない六畳の部屋で、品物といっては、隅っこに小さな鏡台とトランクが一つ置いてあるばかりだ。

ますます奇怪な老人の行動であったが、葉子はそこへ着くまでの車中で、老人からこの不思議な雇傭《こよう》契約の秘密をある程度まで聞かされていたので、もう少しも不安は感じなかった。むしろ彼女の奇妙な役割に少なからぬ興味を持ちはじめていた。

「では、一つ着がえをしてもらおう。これもあんたを雇い入れるについての一つの条件なのじゃ」

老紳士はトランクの中から、ちょうど葉子の年頃に似合いの、はでな模様の和服の

一と揃いと、帯、長襦袢《ながじゅばん》、毛皮の襟のついた黒いコート、それから草履《ぞうり》までも、残りなく揃った衣裳を取り出して、

「小さな鏡で、なんだけれど、一つうまく着がえをしてくれたまえ」

と云い残して階下へ降りて行った。葉子はいわれるままに着がえをすませたが、そうして高価な和服に包まれた気持は、決して不快なものではなかった。

「うまいうまい。それでいい、実によく似合ったぞ」

いつの間にか老紳士が上がって来て、彼女の後姿に見とれていた。

「でも、この着物にこの髪ではなんだか変ですわね」

葉子は鏡をのぞき込みながら、少しはにかんでいう。

「それも、ちゃんと用意がしてある。ほら、これだ。これをかぶってもらわなくてはならんのだ」

老人はそういって、さいぜんのトランクから、白布にくるんだものを取り出した。それをほどくと、中から不気味な髪の毛の塊まりが出て来た。それは上品な洋髪の鬘《かつら》であった。

老人は葉子の前に廻って、上手にその鬘をかぶせてくれた。鏡を見ると、おやッと思うほど顔が変っている。

「それからこれじゃ。少し度があるけれど、我慢してくれたまえ」

そういって老紳士が差出したのは、縁なしの近眼鏡であった。葉子はそれをも、ひとことも反問しないで目に当てた。

「さア、もう時間がない。すぐに出かけることにしよう。約束は十時かっきりなんだから」

老人がせき立てるので、葉子は大いそぎで、ぬぎ捨てた洋服を丸めてトランクにおしこんだまま階段を降りた。

煙草屋を出て、少し行った大通りに、一台の自動車が待っていた。さいぜん乗って来たタクシーではない。やっぱり、ボロ車ではあったけれど、運転手はなかなか立派な男で、老紳士とも知合いらしく見えた。

二人が乗りこむと、指図も待たず、車は走り出した。街燈の明るい大通りを幾曲りして、やがて暗闇の郊外に出た。

「来ましたが、時間はどうでしょうか」

運転手がうしろを向いてたずねる。

「ウン、ちょうどいい。かっきり十時だ。さア、あかりを消したまえ」

運転手がスイッチをひねると、ヘッド・ライトも、テイル・ライトも、客席の豆電燈も、すべての電燈が消え去って、闇の中を、闇の車が走るのだ。

程もなく、自動車は、どこかの大きな邸宅のコンクリート塀にそって徐行していた。半丁おきほどに立っている安全燈の微光によって、わずかにそれと知られる。

「さア、葉子さん、用意をして、す早くやるんだよ。いいかね」

老人が競技選手を力づけるようなことをいう。

「ええ、わかってますわ」

葉子はこの不可思議な冒険に、わくわくしながら、しかし元気よく答えた。

突如、車はその邸宅の通用門らしい所に停車した。と同時に、外から、何者かが自動車のドアをサッと開いて、「早く」と、ただ一と言ささやいた。

葉子は無言のまま、夢中で車を飛び出すと、あらかじめ云いふくめられていた通り、いきなり、その小さな潜《くぐ》り戸の中へ駈けこんで行った。

すると、それと入れ違いに、これは潜り戸の内側から、葉子の肩にぶッつかって、鞠《まり》のようにころげ出し、自動車の、今まで葉子がかけていた座席へ飛びこんだ人がある。

葉子はとっさの場合、遠くの電燈のほのかな光の中で、その人を見た。そして思わずゾッとしないではいられなかった。

彼女は幻を見たのであろうか。それとも、さいぜんからの出来事が、すべて恐ろしい悪夢なのではあるまいか。

葉子はもう一人の葉子を見たのだ。むかし離魂病《りこんびょう》という病《やまい》があったことを聞いている。もしや彼女は、その奇病にとりつかれたのではないだろうか。

桜山葉子が二人になったのだ。一人は潜り戸の中へ、一人はその袖をくぐって自動車へ。髪形から着衣まで、これほどよく似た人間があってよいものか。いやいや、そればかりではない。彼女を真底から怖がらせたのは、そのもう一人の女性の顔までが、葉子とそっくりに見えたことだ。

だが、そのもう一人の女性を乗せた自動車は、彼女の底知れぬ恐怖を後にして、もと来た道へと黒い風のように消え去って行った。

「さア、こっちへお出でなさい」

ふと気がつくと、闇の中に、さいぜん自動車の扉を開いた男の黒い影が、彼女の耳元に顔を寄せていた。

蜘蛛《くも》と胡蝶《こちょう》と

大阪の南の郊外、南海《なんかい》電車沿線H町に、大宝石商岩瀬庄兵衛氏の邸宅がある。このごろその邸《やしき》をとりまくコンクリート塀の頂きに、一面にガラスの破片が植えつけられた。

「どうしたんだろう。岩瀬さんは、あんな高利貸みたいなまねをする人柄じゃないんだが」と、附近の人々はいぶかしく思わないではいられなかった。

だが、岩瀬邸の異変は、それだけにとどまったのではない。先ず第一に、門長屋《もんながや》の住人が変った。これまでは岩瀬商会の古い店員が住んでいたのに入れかわって、土地の警察に勤務している剣道の剛《ごう》の者と噂の高い、某巡査の一家が引越して来た。

庭園には所々に柱を立てて、明るい屋外電燈が取りつけられ、建物の要所要所の窓には、さも頑丈な鉄格子がはめられた。その上、従来からいる書生のほかに、筋骨たくましい二人の青年が、用心棒として邸内に寝泊りすることになった。

岩瀬邸はいまや小さい城廓《じょうかく》であった。

そもそも何を恐れて、これほどの用心をしなければならなかったのか。ほかではない、女アルセーヌ・リュパンとまでいわれる、女賊「黒蜥蜴」の襲来が予知されていたからだ。岩瀬氏の最愛のお嬢さんの身辺に、世にも恐ろしい危険がせまっていたからだ。

東京のKホテルでは、名探偵明智小五郎にさまたげられて、女賊の誘拐の企ては失敗に終ったけれど、それであきらめてしまったのではない。彼女はかならず早苗さんをうばい取って見せると揚言《ようげん》しているのだ。いずれはもうこの大阪へ潜入しているにちがいない。ひょっとしたら、H町の岩瀬邸の間近くまで忍び寄っていないとも限らぬのだ。

魔術師のような女賊の手なみのほどは、Kホテルの事件で肝に銘じている。岩瀬庄兵衛氏ならずとも、これほどの用心をしないではいられなかったに相違ない。

当の早苗さんはかわいそうに、奥の一間、例の鉄格子を張った部屋に、監禁同然の身の上となった。次の間には、早苗さんお気に入りの婆《ばあ》や、そのもう一つ手前の部屋には、東京から出張して来た明智小五郎が寝泊りをして、玄関わきには三人の書生、そのほか数人の男女の召使たちが、早苗さんの部屋を遠巻きにして、事あらば我れ一番に駈けつけんものと、手ぐすね引いて待ちかまえていた。

早苗さんは部屋にとじこもったまま、一歩も外出しなかった。時たま庭園を散歩するのにも、必ず明智なり書生なりが附きそっていた。

いかな魔術師の「黒蜥蜴」でも、これでは手も足も出ないにちがいない。それかあらぬか、早苗さんたちが本邸に帰ってから、もう半月ほども経過したけれど、女賊の気配は全く感じられなかった。

「わしはどうやら臆病すぎたようだわい。あいつのおどし文句を真《ま》に受けたのは、ちとおとな気なかったかも知れんて。それとも、あいつは、こちらの用意を知って、とても手出しが出来ないとあきらめてしまったのだろうか」

岩瀬氏はだんだんそんなふうに考えるようになった。

だが、賊の方の心配が薄らぐと、今度は娘のことが心掛りになり出した。

「わしの用心はちと手きびし過ぎたかも知れない。娘を座敷牢《ざしきろう》へなどとじこめるようにしておいたのがいけなかったかも知れない。それでなくてもビクビクしている娘を、一そうおじけさせてしまった。あれのこの頃の様子はまるで人が変ったようだ。青い顔をしてふさぎこんでばかりいる。わしが物をいっても返事をするのもいやそうにして、そっぽを向いてしまう。どうかして、少し気を引き立ててやりたいものだが」

そんなことを考えていた時、岩瀬氏はふと、今日出来上がって来た、応接室の洋家具のことを思い出した。

「ウン、そうだ。あれを見せたら、きっと喜ぶにちがいないて」

洋家具というのは、贅沢な椅子のセットで、一と月ばかり前それを注文する時、椅子に張る織物を、早苗さんが選定したのであった。

岩瀬氏はこの思いつきに元気づいて、さっそく奥の早苗さんの居間へやって行った。

「早苗、お前の好みで注文した椅子が、今日出来て来たんだよ。もうちゃんと応接間にすえつけてある。一度見に来てごらん。思ったよりも立派な出来栄えだったよ」

襖《ふすま》をあけて、部屋をのぞきこみながら声をかけると、机にもたれていた早苗さんが、ビクッとしたように振り向いたが、すぐまたうなだれてしまって、

「そうですか、でも、あたし今……」

と、いっこう気乗りのしない返事だ。

「そんなあいそうのない返事をするものじゃない。まあいいから来てごらんなさい。婆や、ちょっと早苗を借りて行きますよ」

岩瀬氏は、隣室の婆やにそうことわって、進まぬ早苗さんの手を取るようにして、つれ出して行った。

婆やのつぎの明智探偵の部屋は、あけ放ったままからっぽになっていた。彼は止むを得ない所用があって、午前から外出したまま、まだ帰らないのだ。彼が出掛ける時、岩瀬氏の在宅をたしかめ、召使たちにも、早苗さんから目をはなさぬよう、くどく注意を与えて行ったことはいうまでもない。

やがて、早苗さんはお父さんのあとにしたがって、広い応接間にはいった。

「どうだね、少し派手すぎるくらいだったね」

岩瀬氏は云いながら、その新しい椅子の一つへ腰をおろした。

丸テーブルをかこんで、ソファ、アームチェア、婦人用のもたれのない椅子、木製のもたれの小型の椅子など、つごう七脚のセットが、はでやかに並んでいた。

「まあ、きれいですこと……」

無口の早苗さんがやっと物をいった。いかにもその椅子が気に入ったらしい。彼女は長椅子に腰をかけてみた。

「少し固いようですわ」

何かしら普通の長椅子とは、掛け心地が違うような感じがした。

「そりゃ、こしらえたてには、少し固いものなんだよ。そのうちになれて柔らかみが出て来るだろう」

もし、その時、岩瀬氏が、早苗さんと並んで、その長椅子に腰かけてみたならば、彼とても不審をいだかないではいられなかったにちがいない。長椅子の掛け心地は、それほど異様であった。だが、彼は一つのアームチェアに沈みこんだまま、ほかの椅子を試みようともしなかったのだ。

そうしているところへ、小間使がドアから顔を出して、電話を知らせた。大阪の店からの用件らしい。岩瀬氏は奥の居間の卓上電話へといそいで出て行った。だが、さすがに用心深く、書生部屋に声をかけて、応接室の早苗さんを注意するようにと命じることを忘れなかった。

主人の声に二人の書生が廊下へ出て、そこに見張り番を勤めた。その廊下の突きあたりが応接間のドアになっていた。書生たちの前を通らないでは、だれも早苗さんの部屋へはいることはできないのだ。

むろん応接間には、庭に面していくつかの窓が開いていたけれど、それにはすべて、例のいかめしい鉄格子がはめてある。庭からも、廊下からも、早苗さんの身辺に近づく道は、全く杜絶《とぜつ》されていた。でなくては、いかに急用の電話とはいえ、岩瀬氏がその部屋に早苗さんを一人ぽっちで残して行くはずはなかった。

電話の結果、岩瀬氏は急に大阪の店へ出向かなければならなくなった。彼は大急ぎで着がえをして、夫人と小間使に見送られて、玄関に出た。

「早苗に気をつけて下さいよ。今応接間にいる、書生たちに見張りを云いつけておいたけれど、お前もよく注意して下さい」

彼は小間使に靴の紐を結ばせながら、夫人に幾度も念を押した。

夫人は主人が自動車におさまるのを見送っておいて、娘の様子を見ようと応接間に近づいたが、気がつくと、ピアノの音が聞こえている。

「まあ、早苗さんがピアノをひいている。近頃にないことだわ。いいあんばいだ。じゃソッとしておいてやりましょう」

彼女はなんとなく軽やかな気持になって、書生たちに見張りをおこたらないように注意を与えた上、居間の方へ引き返して行った。

応接間の中の早苗さんは、父親が行ってしまうと、一つ一つの椅子の掛け心地をくらべて見たり、立って窓の外を眺めたりしていたが、やがてピアノの蓋を開いて、でたらめにキイを叩き始めた。叩いているうちに興が乗って、童謡の曲になったり、それがいつの間にかオペラの一節に変っていたりした。

しばらくはピアノに夢中になっていたが、それにも飽きて、もう居間へ帰りましょうと立ちあがって、ひょいと振向いた時、彼女はそこに、実に思いもかけない恐ろしい物の姿を発見して、ギョッと立ちすくんでしまった。

ああ、どうしてこんなことが起こり得たのであろう。窓からも廊下からも、その部屋へ忍びこむ道は全く杜絶されていたのだ。ピアノとか長椅子とか、そのほかの調度《ちょうど》のうしろには、人がかくれるほどのすき間はないのだし、近頃の低い椅子では、その下へひそむことなど思いもよらぬ。つい今し方までこの部屋には、早苗さんのほかに、生きたものとては猫一匹さえもいなかったのだ。

それにもかかわらず、今早苗さんの目の前に、一人の異様な人物が立ちはだかっていたではないか。モジャモジャの髪の毛、顔じゅうを薄黒くした無精髭《ぶしょうひげ》、ギラギラと油断なく光る恐ろしい目、ところどころに破れの見えるきたない背広服。……どこをどうして来たのか、このおばけみたいな男は、考えてみるまでもない、女賊「黒蜥蜴」の手下の奴にきまっている。

ああ、とうとう、予期したものがやって来たのだ。しかも、人々がやや油断し始めた虚《きょ》につけこんで、魔術師のような怪賊は、やすやすと警戒を突破し、幽霊みたいに、ドアのすき間から忍びこんで来たのだ。

「おっと、声を立てちゃいけないよ。手荒なことはしやしない。おれたちにも大切なお嬢さんだからね」

曲者が低い声で、おどしつけた。

だが、そんな注意を受けるまでもなく、かわいそうな早苗さんは、恐ろしさに、身体じゅうがしびれたようになって、身動きも、叫び声を立てることも出来なくなっていた。

賊はニヤリと不気味な微笑を浮かべて、す早く早苗さんの背後に廻り、ポケットから丸めたハンカチのようなものを取り出すと、やにわに彼女におどりかかって、そのハンカチで口をおおってしまった。

早苗さんは、肩から胸にかけて、蛇にしめつけられたような、いやらしい圧力を感じた。口はハンカチのために、にわかにムッと息苦しくなった。いくらなんでも、もうじっとしてはいられない。彼女はかよわい少女の力のあらんかぎり、曲者の手から逃れようともがいた。蜘蛛の糸にかかった美しい一匹の蝶のように、みじめに、物狂おしくはね廻った。

だが、やがて、彼女の活潑《かっぱつ》に動いていた手足が、徐々に力を失い、いつしか、ぐったりと静まり返ってしまった。麻酔剤のききめである。

曲者は、蝶が羽ばたきしなくなると、その身体をソッとじゅうたんの上に寝かせ、はだかった着物の裾《すそ》を合わせてやりながら、美しく眠った早苗さんの顔を眺めて、またしてもニヤニヤと、底気味のわるい微笑を浮かべるのであった。

令嬢変身

応接間からもれていたピアノの音がやんでしまってからもう三十分もたったのに、早苗さんは、いっこう出て来る様子がない。ついさいぜんまでは、コトコトと物を動かす音などが聞こえていたが、それさえ今はパッタリとだえてドアの向こう側は、死んだように静まりかえっている。

「オイ、長いね。いいかげんに部屋へ帰ってくれればいいのに」

「それにしてもばかに静かになってしまったじゃないか。へんだぜ、なんだか」

見張りの書生が、辛抱《しんぼう》しきれなくなって、ささやき始めたところへ、これもお嬢さんを案じた婆やが来合わせた。

「お嬢さんは、応接間にいらっしゃるの？　旦那様もご一しょなんだろうね」

婆やは主人の外出を知らないでいたのだ。

「いや、御主人はさっき、店から電話がかかって、大阪へ出かけられましたよ」

「おやおや、じゃ、あすこにお嬢さん一人ぽっちなの。いけないねえ、そんなことしちゃ」

婆やは不服顔だ。

「だから、僕らが見張りをしているんだけれど、さっきから大分《だいぶ》時間がたつのに、いっこう出ていらっしゃらない。それにあまり静かなので、少しへんに思っているのですよ」

「じゃ、わたしが行って見ましょう」

婆やはそういって、ツカツカとドアに近づき、何気なくそれを開いて、中をのぞいて見たが、のぞいたかと思うとまたすぐしめて、いきなり書生たちの所へ走りもどって来た。どうしたのか彼女の顔はまっさおになっている。

「大へんですよ、ちょっと行って見て下さい。へんな奴が長椅子の上に寝そべっているの。それにお嬢さんは、あすこには見えませんよ。早くあいつをつかみ出して下さい。まあ気味のわるい」

書生たちはむろんそんなことを信じなかった。この婆さん気でも違ったのではないかと疑った。しかし、ともかくも行って見るほかはない。彼らはいきなりドアをあけて、応接室へ飛びこんで行った。

見ると、驚いたことには、婆やの言葉は決して嘘ではなかった。たしかに長椅子の上に、グッタリと死んだようになって、寝そべっている奴がある。ボロボロの背広を着た顔じゅう無精髭の、乞食みたいな男だ。

「こらッ、貴様何者だッ」

柔道初段の豪傑《ごうけつ》書生が、曲者の肩に手をかけてゆすぶった。

「わあ、たまらねえ。こいつ酔っぱらいだぜ。長椅子の上へ小間物店をならべやがった」

彼は滑稽な身振りで飛びのいて鼻をつまんだ。

なるほど、酔っぱらいの証拠には、男の顔は異様に青ざめていたし、長椅子の下には、ウイスキーの大瓶が、からっぽになってころがっていた。それにしても、その部屋で酒を飲んだものとすれば、少し酔いの廻り方が早すぎるように思われるのだが、顚倒《てんとう》した書生たちは、そこまで気がつかなかった。

揺り起された曲者は、薄目をあいて、きたなくよごれた口のはたを、赤い舌でペロペロとなめ廻しながら、フラフラと上半身を起こした。

「すまねえ、おらア、もうだめだよ。苦しくって、とてももう飲めねえ」

この紳商《しんしょう》の応接室を、酒場《バー》とでも思いちがっているのか、男は訳のわからぬくだを巻き始めた。

「馬鹿ッ、ここをどこだと思っている。それに、貴様、一体どうしてここへはいって来たんだ」

「え、ウン、どうしてはいって来たっていうのか。そりゃおまえ、蛇の道はへびだあな。どこにうめえ酒がかくしてあるくらいのことあ、ちゃあんと、ご存知だってことよ。ヘッヘッヘッヘ」

「それよりも君、お嬢さんの姿が見えないんだぜ。そいつが、どうかしたんじゃないかい」

別の書生が、それに気づいて注意した。

実に不思議なことには部屋じゅうくまなく探して見たけれど、えたいの知れぬ酔っぱらいのほかには、人の影もないのであった。一体これはどうしたというのだ。あの美しいお嬢さんが、たった三十分かそこいらの間に、まるで天勝嬢の魔術みたいに、このきたならしい酔っぱらいに変ってしまったのであろうか。前後の事情だけから考えると、いくらばかばかしくても、どうもそうとしか思えないのだが。

「おい、お前、いつここへ来たんだ。ここに美しいお嬢さんがいらしったはずだが、お前見なかったか。おい、ハッキリ返事をしろ」

肩をこづき廻されても、男はいっこう無感覚だ。

「ヘッ、美しいお嬢さんだって、おなつかしいね。つれておいで、ここへ。おらア、久しく美しいお嬢さんの顔を拝まねえんだ。拝ましてくんな。早くさア。早く、ここへ引っ張って来いてんだ。ワハハハハ」

実にたわいがなかった。

「こんな奴に、何を聞いたって無駄だよ。ともかく警察へ電話をかけて、引き渡すことにしようじゃないか。いつまでもここへ置いといたら、部屋じゅうへどだらけになっちまうぜ」

岩瀬夫人は、婆やの知らせに驚いて駈けつけたが、人一倍潔癖《けっぺき》な彼女は、乞食みたいな男がへどをはいていると聞くと、部屋へはいる勇気がなく、女中たちにとりまかれてドアの外からこわごわのぞいていたのだが、今の書生の言葉を聞くと、

「ああ、それがいい、早くお巡《まわ》りさんを呼んで下さい。だれか警察へ電話を」

と指図した。

そして結局、そのえたいの知れぬ無頼漢《ぶらいかん》は、土地の警察の拘留室にぶちこまれたのだが、二人のお巡りさんが、曲者の両手をつかんで、ぶら下げるようにしてつれ去ると、あとには、彼の吐いたもののために、無残によごれた長椅子と、耐えがたい臭気とが残った。

「出来て来たばかりの椅子を、まあもったいない」婆やが顔をしかめながら遠くからそれを眺めていうのだ。「おやおやへどばかりじゃありませんよ。大へんなかぎ裂きだ。まあ気味のわるい。あいつ刃物でも持っていたのでしょうか。長椅子のきれがひどく破けてますよ」

「いやだねえ、せっかく綺麗になったばかりなのに。そんなもの応接間に置けやしない。だれか家具屋へ電話をかけてね、取りに来るようにそういって下さい。張りかえなくっちゃ仕方がない」

潔癖家の岩瀬夫人は、一刻でも、そのきたないものを、邸内に置くにたえなかったのだ。

さて、酔いどれ騒ぎが一段落つくと、今度はにわかに早苗さんのことが気になりはじめた。主人岩瀬氏にこのことが急報されたのはいうまでもない。明智の行先もわかっていたので、急いで帰るように電話がかけられた。

同時に、邸内の大捜索が開始された。出張して来た三人の警官と、書生をはじめ召使たちの総動員で、応接室や早苗さんの居間を手始めに、階上、階下、庭園から縁の下まで、残る所もなく探し廻った。

だが美しいお嬢さんは、朝日にとける葉末《はずえ》の露のようにかげろうとなって蒸発してしまったのでもあろうか。実に不思議千万にも、在《あ》るべきはずの邸内に、その姿は、影も形も見えないのであった。

魔術師の怪技

酔っぱらい騒ぎがあってから二時間ほど後《のち》、急報に接して大阪から帰った岩瀬氏と明智小五郎とが、主人の居間でこの不可解な出来事について、あわただしい会話を取りかわしていた。そのそばには岩瀬夫人と婆やとがひかえ、責任者の二人の書生も呼び出されて、かしこまっている。

「実に失策でした。僕はまたしても油断しすぎたようです」

明智はいかにも申し訳がないという様子であった。

「いやいや、あなたの失策じゃない。これは全くわしがわるかったのです。娘があまり沈みこんでいるものだから、ついかわいそうになって、応接間などへ連れ出したのがわるかったのです。油断といえば、わしこそ、全く油断をしておりましたよ」

「わたくしたちも不注意でございました。書生にまかせておいて安心していたのがいけませんでした」

岩瀬夫人も同じようなことをいう。

「しかし、そういうことは今さら云ってみても仕方がありません。それよりも、われわれは、お嬢さんがいつ応接室を出られたか、そしてどこへ連れ去られたか、その点を確かめなければなりません」

明智が返らぬ繰り言《ごと》を打ち切るようにいった。

「さア、それですて。そこがわしにはどうも解せんのじゃが、おい倉田《くらた》、お前たちはわき見をしていたんじゃあるまいな。お嬢さんがあの部屋を出て行くのを、気がつかなかったのじゃあるまいな」

岩瀬氏がたずねると、倉田と呼ばれた書生の一人は、少し憤慨《ふんがい》の面持で答えた。

「いや、断じてそんなことはありません。僕らは、ちゃんとドアの方を見張りつづけていたのです。それに、お嬢さんが応接間からほかの部屋へいらっしゃるためには、どうしても僕らの立っている廊下を通らなければならないのです。いくらなんでも、お嬢さんが目の前をお通りなさるのを、僕らが見のがしたはずはありません」

「フン、お前たちはそんな生意気なことをいうが、それじゃ、どうしてお嬢さんがいなくなったのだ。それとも、お嬢さんはあの頑丈な鉄格子を破って飛び出して行ったとでもいうのか。エ、どうだね。鉄格子がはずれてでもいたかね」

岩瀬氏は感情が激すると、つい憎まれ口を利くくせがあるようだ。

書生はたちまち恐縮して、頭をかきながら、わかり切ったことを正直に答える。

「いえ、鉄格子どころか、窓ガラスさえも、掛け金をはずした形跡はありませんでした」

「それ見ろ、それじゃ、つまりお前たちが見逃したことになるじゃないか」

「まあお待ち下さい。どうもこの人たちが見逃したようにも思われません。見逃したといえば、お嬢さんだけではなくて、あの酔っぱらいが応接間へはいるところも見逃しているわけです。いくら不注意でも、二人もの人間が出たりはいったりするのを気づかないでいるというのは、どうもありそうもないことですな」

明智が考え考え云った。

「いかにもありそうもないことです。だが、それがあったのじゃ」

岩瀬氏はなおも毒口をたたく。明智はそれにかまわずつづけた。

「鉄格子も破れていない。書生さんたちも見逃していないとすると、結論はたった一つ、あの応接室へはいったものも、出たものもなかったということになります」

「フフン、すると、早苗がその酔っぱらいに化けたのだとでもおっしゃるのですかね。冗談じゃない、わしの娘は(注6)ふたなりではありませんぜ」

「御主人、あなたはお嬢さんに、新しく出来た椅子をお見せなすったのですね。その椅子は今日届けられたのですか」

「そうです。あんたが出かけられて間もなく届いたのです」

「妙ですね、あなたは、その椅子が届いたのと、お嬢さんの誘拐との間に、何か偶然でないつながりがあるようには思われませんか。僕にはなんだか……」

明智はそう云いかけたまま、眼を細くして、しばらく考えに沈んでいたが、ハッと顔を上げると、何かしら意味のわからぬことを口走った。

「人間《にんげん》椅子《いす》。あんな小説家の空想が、はたして実行出来るのだろうか」

そして、彼はスックと立ちあがると、何か非常に昂奮した様子で、人々に挨拶《あいさつ》もせず、いきなり部屋を出て行ってしまった。

人々は、名探偵のあまりに突飛《とっぴ》な行動に、あっけにとられて、しばらくは口を利くものもなく、ぼんやりと顔を見合わせていたが、すると、たちまち明智の駈けもどって来る足音がして、廊下から呶鳴るのが聞こえた。

「長椅子をどこへやったのです。応接間に見えないじゃありませんか」

「まあ、明智さん、落ちついて下さい。椅子なんかどうだっていい、わしたちはいま娘のことを心配しているのだ」

岩瀬氏が、声をかけると、明智はやっと部屋の中へはいって来たが、まだ立ちはだかったまま同じことをくり返す。

「いや、僕は長椅子の行方が知りたいのです。どこへやったのですか」

すると書生の一人が、それに答えた。

「あれは、つい今しがた、家具屋の職人が受け取りに来たので、渡してやりました。きれを張りかえさせるようにという、奥様の云いつけだったものですから」

「奥さん、それはほんとうですか」

「ええ、酔っぱらいが破いたり、よごしたりして、あんまりむさいものですから、急いで取りに来させましたの」

岩瀬夫人が、まだそれとも気づかないで、とりすまして答える。

「そうでしたか、ああ、困ったことをしてしまったなア。もう取り返しがつかない。ちょっ……いやもしかしたら、そうだ。もしかしたら僕の思いちがいかも知れない。ちょっとそのお電話を拝借します」

明智は気違いめいたことを、ブツブツつぶやいていたかと思うと、いきなりそこの卓上電話にしがみついて、受話器を取った。

「君、その家具屋の電話番号を教えてくれたまえ」

書生がそれに答えるのを、口写しに、明智は交換手へと呶鳴った。

「ああ、N家具店ですか。こちらは岩瀬の邸です。さいぜん長椅子を取りによこしてくれたのだが、あれはもう君の方へ着きましたか」

「ヘエ、ヘエ、長椅子を、かしこまりました。どうもおそくなってすみません。実は今店のものを伺わせようと思っておりましたところでございます」

受話器の彼方から、頓狂な返事が聞こえて来た。

「エッ、なんだって？　これから取りに来るんだって？　君、それはほんとうかい。こちらでは、もうさっき渡してしまったのだが」

明智がもどかしそうに呶鳴り返す。

「へエー、そんなはずはございませんがな。手前どもではだれもまだお邸へ伺っておりませんのですが」

「君は御主人かね。しっかり調べてくれたまえ。もしや君の知らぬ間に、だれかこちらへ来たんじゃありませんか」

「いいえ、そんなことはございません。まだわたくしは、お邸へ伺うことを、店の者に伝えておりませんので、伺う道理がありません」

そこまで聞くと、明智はガチャンと受話器をかけて、また立ちあがってどこかへ駈け出しそうにしたが、思いなおして、今度は土地の警察署へ電話をかけ、捜査主任を呼び出した。明智は、岩瀬家の客となった最初の日、先《ま》ずこの捜査主任と懇意を結んでおいたので、この場合それが充分役立った。

「僕は岩瀬家の明智ですが、例の酔っぱらいがよごした長椅子ですね。あれを、家具屋の名をかたって邸から持ち出し、トラックに積んで逃げ出した奴があるのです。どちらへ走ったかはわかりませんが、至急手配をして、そいつを捕えて下さいませんか……そうです、そうです。あの長椅子です。……人間椅子、ええ、人間椅子。いや、冗談なもんですか、……ええ、そうでしょう。ほかに考え方がないじゃありませんか。

ではお願いします。僕の見こみは、決して間違っていないと思います。いずれあとからくわしくお話ししますけれど」

そうして電話を切ろうとすると、今度は先方から、重大な報告がもたらされた。

「エッ、逃亡した。そいつは非常な手抜かりでしたね。……酔っぱらいと思って油断していた？　ウン、それは無理もないけれど、あいつ飛んだ喰わせものですぜ。『黒蜥蜴』の手下にきまっている。惜しいことをしましたね。まだ捕まりませんか。何分よろしく、全力をつくして下さい。人の命にかかわることだ。……二つともね。長椅子の方も、酔漢の方も、……ではまた後ほど」

ガチャリと受話器の音。明智はガッカリしたように、そこにうずくまってしまった。

一座の人々は異常の緊張を以《もっ》て、電話の声に聞き入っていた。そして、一句ごとに、この名探偵の突飛な行動の理由がわかって行くように思われた。

「明智さん、お話しの様子で、大体わしにも事の次第がわかりました。わしはあんたの御明察に驚き入りました。いや、それにもまして、賊のこの思いきった、ズバぬけた手品には、あいた口がふさがりませんよ。つまり、あの酔っぱらいをよそおった男が、仕かけをした長椅子の内部にかくれて、どっかで家具屋の作った本物とすりかえられたのですね。そして、応接間には、人間のはいった長椅子がすえてあったというわけですね。そこへ早苗がはいって行く……男が椅子の中からソッと抜け出して娘を……、明智さん、あいつはまさか娘を殺したのでは……」

岩瀬氏は、ギョッとして言葉を切った。

「いや、決して殺すようなことはありません。Kホテルの場合でもわかっている通り、あいつは生きたお嬢さんをほしがっているのです」

明智が安心させるように答える。

「ウン、わしもそうとは思いますがね。……それから、正気を失った娘を、今まで自分のひそんでいた、長椅子の内部のうつろの中へ入れて、蓋をしめる。そして、あいつめ長椅子の上に寝そべって酔っぱらいの真似を始めたのですね。しかし、あのよごれもの」

「ああ、お見事です。御主人も『黒蜥蜴』にまけない空想家ですね。僕の考えもその通りなのです。……あいつの恐ろしさは、こういうズバぬけた考え方によって、ばかばかしいトリックを、平然として実行する胆《きも》っ玉にあるのです。今度の着想などは全くお伽噺《ときばなし》ですよ。或る小説家の作品に『人間椅子』というのがあります。やっぱり悪人が椅子の中へかくれて、いたずらをする話ですが、その小説家の荒唐無稽《こうとうむけい》な空想を、『黒蜥蜴』はまんまと実行して見せました。今お話しのよごれものにしてもそうですよ。あらかじめそういう液体を用意しておいて、口からではなく、瓶から長椅子の上にぶちまけたのです。ええ、瓶ですよ。ほら、あのウイスキーの大瓶、あの中に残っている液体を調べたら、きっとへどの匂いがすることでしょう。それとても、実は昔々の西洋のお伽噺にある話なのです。そのお伽噺の方は、へどではなくて、もっときたないものでしたがね」

「で、あの酔っぱらいは、警察の留置場から逃げ出してしまったとか……」

「ええ、逃げ出したそうです。酔っぱらいも長椅子も、お伽噺のように、どっかへ消え失せてしまいました」明智は思わず苦笑したが、またキッとなって附け加えた。「しかし、御主人、僕はいつかKホテルでお約束したことを忘れはしません。御安心下さい。命にかけても、お嬢さんを守ります。決して取り返しのつかぬようなことはしないつもりです。どうか僕を信じて下さい。……僕の顔色を見て下さい。青ざめてますか。心配らしい影でも見えますか。そうではないでしょう。僕は平気なのです。この通り平気なのです」

明智はそういって、にこやかに笑って見せた。虚勢とは思えない。彼は真から微笑しているのだ。人々は、頼もしげに、明るい名探偵の顔を見上げた。

「エジプトの星」

宝石商令嬢誘拐事件は、その翌日の新聞記事によって、全国に知れわたった。土地の警察はもちろん、大阪府の全警察力をあげて早苗さんの行方捜索に従事した。デパートの陳列所でも、家具商のショウ・ウィンドウでも、駅々の貨物倉庫でも、長椅子という長椅子が不気味な嫌疑を受けた。神経質な人たちは、自宅の応接間のソファにさえも、一応底のぐあいをあらためないでは、腰かける気になれなかった。

そうして、事件からまる一昼夜が経過したけれど、人間詰め長椅子の行方は少しも知れなかった。生きているのか死んでしまったのか、美しい早苗さんの姿は、全くこの世からかき消されてしまったかのごとく感じられた。

岩瀬氏や、夫人などの歎《なげ》きはいうまでもなかった。早苗さんを危地にみちびいたのも、賊を見逃したのも、全く岩瀬氏夫妻の手落ちであって、誰をうらむこともなかったが、悲しみのあまり、憤《いきどお》りのあまり、つい度を失って、明智探偵の不用意な外出を、責めたい気持にもなるのであった。

明智はむろんその気持を察しないではなかった。また彼自身としても、名探偵の名にかけて、この誘拐事件に責任を感じ、取りかえしのつかぬ油断をくやまないわけではなかった。それにもかかわらず、さすがは百戦練磨の勇将、彼は深く心に期するところあるもののごとく、少しも狼狽《ろうばい》はしなかった。

「岩瀬さん、僕を信じて下さい。お嬢さんは安全です。必ず取り返してお目にかけます。それに、賊の手中にあっても、お嬢さんは決して危害を加えられることはありません。あいつらはきっと、早苗さんを大切な宝物のように扱っているでしょう。そうしなければならない理由があるのです。少しもご心配なさることはありません」

明智は岩瀬氏夫妻に、繰り返し繰り返しこういう意味のことをいってなぐさめた。

「だが、明智さん。取り返すといっても、娘は今どこにいるのですかね。あれのありかが、あんたにはわかっているとでもおっしゃるのかね」

岩瀬氏は、またしても例の毒口をきいた。

「そうです。わかっていると云ってもいいかも知れません」

明智は動じない。

「フン、じゃ、なぜそこへ取り戻しに行っては下さらんのかね。見ていると、あんたは、昨日からまるで警察まかせで、何もしないで手をつかねていなさるようじゃが、そんなにわかっていれば、早く適当な処置を講じてほしいものですね」

「僕は待っているのですよ」

「え、待っているとは？」

「黒蜥蜴からの通知をです」

「通知を？　それはおかしい。賊が通知をよこすとでもおっしゃるのかね。どうかお嬢さんを受け取りに来て下さいといって」

岩瀬氏は、憎まれ口をきいて、フフンと鼻さきで笑って見せた。

「ええ、そうですよ」名探偵は子供のように無邪気である。「あいつはお嬢さんを受け取りに来いという通知をよこすかも知れませんよ」

「え、え、あんた、それは正気でいっていなさるのか。なんぼなんでも、賊がそんなことを。……明智さん、この場合、冗談はごめんこうむりますよ」

宝石王がにがにがしく云い放った。

「冗談ではありません。今にきっとおわかりになりますよ。……ああ、ひょっとしたら、そのなかに通知状がまじっているかも知れません」

彼らはその時、例の早苗さんの誘拐された応接間に対坐《たいざ》していたのだが、ちょうどそこへ、書生の一人が、その日の第三便の来翰《らいかん》をまとめて持って来たのであった。

「このなかにですか。賊の通知状がですか」

岩瀬氏は書生から数通の手紙を受け取って、何をばかばかしいといわぬばかりに、うわの空の返事をしながら、一つ一つ差出人をしらべていたが、たちまちハッとして、頓狂な声を立てた。

「やア、こりゃなんじゃ。この模様はいったいなんじゃ」

それは上等の洋封筒に包まれた一通の手紙であったが、見ると、その裏面には、差出人の名はなくて、封筒の左下の隅に、一匹のまっ黒な蜥蜴の模様が、たくみにえがかれてあった。

「黒蜥蜴ですね」

明智は少しも驚かない。それごらんなさいといわぬばかりだ。

「黒蜥蜴じゃ。大阪市内の消印がある」岩瀬氏はさすがに商人らしい眼早さで、それを見て取った。「ああ、明智さん。あんたには、これがどうしてあらかじめわかっていたのです。確かに賊の通知状じゃ。フーン、これはどうも……」

彼は感にたえた体で、名探偵の顔をみつめている。怒りっぽいかわりには、機嫌のなおるのも早い老人であった。

「開いてごらんなさい。黒蜥蜴はなにかを要求して来たのですよ」

明智の言葉に、岩瀬氏は注意深く封を切って、中の書翰箋《しょかんせん》をひろげて見た。なんの印もない純白の用紙である。そこに下手な書体で——なんとなくわざと下手に書いたような書体で――次の文句がしたためてあった。

昨日はお騒がせして恐縮。お嬢さんはたしかにお預かりしました。警察の捜索からは絶対に安全な場所に、おかくまいしてあります。

お嬢さんを私からお買い戻しになるお気持はありませんか。もしそのお気持があるのでしたら、左の条件によって商談に応じてもよいと考えます。

（代金）ご所蔵「エジプトの星」一個。（支払期日）明七日正午後五時。（支払場所）T公園通天閣《つうてんかく》頂上の展望台。（支払方法）岩瀬庄兵衛氏単身にて右時間までに通天閣上に現品を持参すること。

右の条件に少しでも違背《いはい》したる場合、またはこのことを警察に告げ知らせたる場合、または現品授受の後私を捕縛させようとしたる場合は、令嬢の死を以て之《これ》にむくいること。

右の条件が正確に履行された上は、即夜お嬢さんをお宅まで送り届けます。右に貴意を得ます。御返事には及びません。明日所定の時間、所定の場所へ御出なき限りは、この商談不成立と認め、ただちに予定の行動に移ります。

以上

月　日

岩瀬庄兵衛様

黒蜥蜴

これを読み終ると、岩瀬氏ははなはだ当惑の色を浮かべて考えこんでしまった。

「エジプトの星ですか」

明智がそれと察してたずねる。

「そうです。困ったことになりました。あれはわしの私有にはなっているが、国宝ともいうべき品物で、いまわしい賊の手などに渡したくはないのです」

「非常に高価なものと聞いていますが」

「時価二十(注7)五万円です。だが、二十五万円には替えられない宝です。あんたは、あの宝石の歴史をご存知ですか」

「ええ、聞き及んでいます」

この国最大最貴のダイヤモンド「エジプトの星」は、南アフリカ産、ブリリアント型、三十幾カラットの宝玉であって、その名の示すごとく、かつてはエジプト王族の宝庫に納まっていたものだが、それが欧洲諸国の高貴の方々の手を渡り渡って、大戦当時、或る事情から宝石商人の手に移り、それがまた転々して、つい数年前のこと、岩瀬商会パリ支店の買収するところとなり、現在は大阪本店の所有となっている。

「由緒の深い宝石じゃ。わしはあれを命から二番目ぐらいに大切に思っております。盗難についても用心に用心をかさね、その宝石を納めてある場所は、わし自身のほかに店員はもちろん、家内さえ知らないのです」

「すると、つまり、賊にしては、一個の宝石を盗むよりも生きた人間を盗み出す方が、たやすかったというわけですね」

明智はしきりにうなずいている。

「そうです、『エジプトの星』はたびたび盗賊に狙われた。その度毎《たびごと》にわしはかしこくなったのです。そして、とうとう、そのかくし場所をわしだけの秘密にしてしまった。どんなにえらい盗賊でも、わしの頭の中の秘密を盗むことは出来ませんからね。……しかし、その苦心も今は無駄じゃ。さすがのわしも、娘の身代金として宝石をゆするという手には、少しも気がつかなんだ……明智さん、いかな宝物でも、人間の命にはかえられませんわい。残念じゃが、わしはあきらめました。宝石を手ばなすことにしましょう」

岩瀬氏は青ざめた顔で決意のほどを示した。

「それほどのものを手ばなすことはありませんよ。なあに、そんな脅迫状なんか黙殺してもかまわないのです。お嬢さんの生命にかかわるようなことは断じてありません」

明智が頼もしくなぐさめても、一徹の岩瀬氏は彼の言葉を信用しない。

「いやいや、あの恐ろしい悪党は、何を仕でかすか知れたものではない。いくら高価とはいえ、たかが鉱物です。鉱物などを惜しんで、娘に万一のことがあっては取り返しがつきません。わしはやっぱり賊の申し出に応ずることにしましょう」

「それほどのご決心なれば、僕はお止めしません。一応敵のたくらみにかかったと見せかけて、宝石を手渡すのも一策でしょう。僕の探偵技術からいえば、むしろその方が便宜なのです。しかし岩瀬さん、決してご心配なさることはありません。僕はハッキリお約束しておきます。お嬢さんもその宝石も、必ず僕の手で取り戻してお目にかけますよ。ただちょっとの間、あいつにぬか喜びをさせてやるだけです」

明智はなんのたのむところあってか、自信に満ちた力強い口調で、こともなげに云い切るのであった。

塔上の黒蜥蜴

その翌日、約束の午後五時少し前、岩瀬庄兵衛氏は、文字通り敵の条件を守って、明智以外の何人《なんぴと》にも告げず、ただ一人、T公園の入口、天空高くそびえる鉄塔の下にたどりついた。

T公園といえば、その地域の広さ、日々呑吐《どんと》する群集のおびただしさでは、大阪随一の大遊楽境であった。立ち並ぶ劇場、映画館、飲食店、織るがごとき雑沓《ざっとう》、露店商人の叫び声、電蓄の騒音、子供の泣き声、数万の靴と下駄とのかなでる交響楽、蹴立てる砂ぼこり。そのまん中に、パリのエッフェル搭を模した通天閣の鉄骨が、大大阪を見おろして、雲にそびえているのだ。

ああ、なんという大胆不敵。なんという傍若無人。女賊黒蜥蜴は、よりによって、この大歓楽境のまっ唯中、衆人環視の塔上を身代金授受の場所と定めたのであった。このお芝居気、この冒険、あの黒衣婦人でなくては出来ない芸当である。

岩瀬氏は神経の太い商人ではあったけれど、いよいよ賊と対面するのかと思うと、胸騒ぎを止め得なかった。彼は少しばかり固くなって塔上のエレベーターにはいった。

エレベーターの上昇とともに、大阪の街が、グングン下の方へ沈んで行く。冬の太陽はもう地平線に近く、屋根という屋根の片側は黒い影になって、美しい碁盤模様をえがいていた。

やっと頂上に達して、四方見晴らしの展望台に出ると、下界ではそれほどでもなかった冬の風が、ヒューヒューと烈《はげ》しく頬を打った。冬の通天閣は不人気だ。それに夕方のせいもあって、展望台には一人の遊覧客も見えなかった。

風よけの帆布《ほぬの》を張りめぐらした、菓子や果物や絵葉書などの売店に、店番の夫婦者が寒そうに坐っているほかには全く人影はなく、何かこう、人界をはなれて、天上の無人の境へ来たような、物さびしい感じであった。

欄干《らんかん》にもたれて、下界をのぞくと、ここのさびしさとは打って変った雑沓の、数千匹の蟻の行列のような人通りが足下にくすぐったく眺められた。

そうして寒風に吹きさらされながら、しばらく待っていると、やがて次のエレベーターが到着して、ガラガラと鉄の扉の開く音とともに、一人の奥様らしいよそおいの、金縁の眼鏡をかけた和服の夫人が、展望台に現われ、ニコニコ笑いながら、岩瀬氏の方へ近づいて来た。

今時分、このさびしい塔上へ、こんなしとやかな婦人がたった一人でのぼって来るなんて、なんとなくそぐわぬ感じであった。

「物ずきな奥さんもあるものだ」

と、ボンヤリ眺めていると、驚いたことには、その婦人が、いきなり岩瀬氏に話しかけたのである。

「ホホホホホ、岩瀬さん、お見忘れでございますか。わたくし東京のホテルでご懇意願いました緑川でございますわ」

ああ、ではこの女が緑川夫人、すなわち黒蜥蜴であったのか。なんという化物だ。和服を着て、眼鏡をかけて、丸髷《まるまげ》なんかに結って、まるで相好《そうごう》が変っているではないか。このしとやかな奥様が、女賊黒蜥蜴であろうとは。

「………」

岩瀬氏は、相手の人を喰ったなれなれしさに、烈しい憎悪を感じて、だまったままその美しい顔をにらみつけていた。

「このたびはどうも飛んだお騒がせいたしまして」

彼女はそういって、まるで貴婦人のように、上品なお辞儀をした。

「何もいうことはない。わしは君の条件を少しもたがえず履行した。娘は間違いなく返してくれるのだろうね」

岩瀬氏は相手のお芝居に取り合わず、用件だけをぶっきらぼうにいった。

「ええ。それはもう間違いなく。……お嬢さん大へんお元気でいらっしゃいます。どうかご安心あそばして。……そして、あの、お約束のものお持ち下さいましたでしょうか」

「ウム、持って来ました。さア、これです。しらべて見るがいい」

岩瀬氏は懐中から、銀製の小函を取り出して、思い切ったように、夫人の前につきつけた。

「まあ、ありがとうございました。では、ちょっと拝見を……」

黒蜥蜴は落ちつきはらって、小函を受け取り、袖《そで》のかげで蓋をあけて、白ビロードの台座におさまった巨大な宝石を、じっと見入った。

「ああ、なんてすばらしい……」

見る見る、彼女の顔に歓喜の血が上った。稀代の宝石には、千枚張り(注8)の女賊の頬をさえあからめさせる、神秘の魅力がこもっていたのだ。

「五色の焔《ほのお》、ほんとうに五色の焔が燃えているようでございますわね。ああ、わたくし、どんなに恋いこがれていたことでしょう。この『エジプトの星』に比べては、わたくしが長年蒐集しました百顆《か》に近いダイヤモンドも、まるで石ころ同然でございますわ。ほんとうにありがとうございました」

そしてまた、彼女はうやうやしく一礼をするのであった。

相手が喜べば喜ぶだけ、岩瀬氏の方では、命から二番目とまで大切にしていた宝物を、むざむざこの女に奪われてしまうのかと思うと、覚悟はしながらも、云い知れぬ憎しみが感じられて、目の前にとりすましている女が、一そうにくにくしく見えて来る。すると、例の庄兵衛老人のくせで、こんな場合にも、つい憎まれ口がききたくなるのだ。

「さア、これで代金の支払いはすんだ。あとは君の方から品物がとどくのを待つばかりだが、わしは君をこんなに信用していいのかしらん。相手は泥棒なんだからね。泥棒と前金取引をするなんて、実に危険千万な話だ」

「ホホホホホ、それはもう間違いなく。……では、お先にお引き取りを、わたくし、一と足あとから帰らせて頂きます」

女は相手の毒口にとりあわず、この奇妙な会見を打ち切ろうとした。

「フフン、品物を受け取ってしまえば、ご用はないとおっしゃるのだね。……だが、君も一しょに帰ったらいいじゃないか。わしと一しょにエレベーターに乗るのはいやかね」

「ええ、わたくしもご一しょしたいのは山々なんですけれど、何を申すにも、お尋ね者の身体でございますから、あなたが無事にお帰りなさるのを、よく見届けました上でなくては……」

「危険だというのだね。わしが尾行でもすると思っていなさるのか。ハハハハハ、これはおかしい。君はわしが怖いのかね。それでよく、こんなさびしい場所で、わしと二人きりで会見しなすったね。わしは男だよ。もし、もしだね。わしが娘の一命を犠牲にして、天下に害毒を流す女賊を捕えようと思えば、なんの訳もないことだぜ」

岩瀬氏は女の小面憎《こづらにく》さに、ついいやがらせをいって見たくなった。

「ええ、ですから、わたくし、ちゃんと用意がしてございますの」

ピストルでも取り出すのかと思うと、そうではなくて、彼女はツカツカと売店の方へ歩いて行って、そこに並べてあった賃貸しの双眼鏡を持って来た。

「あすこにお湯屋の煙突がございますわね。あの煙突のすぐうしろの屋根の上をごらんなすって下さいまし」

彼女はその方を指し示して、双眼鏡を岩瀬氏に手渡すのであった。

「ホウ、屋根の上に何かあるのかね」

岩瀬氏はふと好奇心にかられて、双眼鏡を目に当てた。

塔から三丁ほどへだたった、長屋の大屋根である。湯屋の煙突のすぐうしろに物干台が見え、その物干台の上に、一人の労働者みたいな男が、うずくまっているのがハッキリ眺められる。

「物干台に洋服を着た男がおりますでしょう」

「ウン、いるいる。あれがどうかしたのかね」

「よくごらんくださいまし。その男が何をしていますか」

「や、これは不思議じゃ。先方でも双眼鏡を持って、こちらを眺めているわい」

「それから、片方の手に何か持っておりませんですか」

「ウンウン、持っている。赤い布のようなものじゃ。あの男はわしたちを見ているようだね」

「ええ、そうですの。あれはわたくしの部下でございますのよ。ああしてわたくしたちの一挙一動を見張っていて、もしわたくしに危険なことでも起りました場合には、赤い布を振って、別の場所からあの大屋根を見つめているもう一人の部下に通信します。すると、その部下が、お嬢さんのいらっしゃる遠方の家へ電話で知らせます。その電話と一しょに早苗さんのお命がなくなるという仕かけなのでございます。ホホホホホ、賊などと申すものは、ちょっとした仕事にも、これだけの用意をしてかからなければならないのでございますわ」

なるほど実にうまい思いつきである。女賊が不便な塔の上を、会見の場所に選んだ一つの意味はここに在ったのだ。まったく安全な遠方から見張りをさせておくなんて、平地では不可能なことなのだから。

「フン、ご苦労千万なことじゃ」

岩瀬氏はへらずロをたたいたものの、内心では、寸分も抜け目のない女賊の用心を讃嘆しないではいられなかった。

奇妙な駈落者《かけおちもの》

だが、岩瀬氏がいわれるままに、一と足先に塔を降りて、少しはなれた場所に待たせてあった自動車に乗って立ち去ってしまっても、黒蜥蜴はまだ安心が出来なかった。相手には明智小五郎といういやな奴がついているのだ。あいつが、どんな知恵をしぼり、どんな恐ろしいことをたくらんでいるか、知れたものではない。

彼女は双眼鏡を目に当てて、欄干から塔の下のおびただしい群衆を入念に眺め廻した。挙動の不審な奴はいないかと、熱心に調査した。そうして目まぐるしく動く群衆を眺めているうちに、われとわが心の弱味に負けて、彼女は云い知れぬ不安になやまされはじめた。

あすこに塔を見上げてたたずんでいる洋服の男が刑事かも知れない。こちらに、さいぜんからじっとうずくまっているルンペンが、なんだか怪しい。明智の部下が変装しているのかも知れない。

いやいや、このおびただしい群衆の中には、明智小五郎その人が、何かに姿を変えて、まぎれこんでいまいものでもない。

彼女はイライラしながら、双眼鏡を目に当てたまま、展望台の周辺を、何度となく歩き廻った。

捕縛を恐れることは少しもない。そんなことをすれば、大切な早苗さんの命がなくなることは、敵の方でも知り抜いているはずだ。恐ろしいのは尾行であった。尾行の名人にかかっては、いくら機敏に立ち廻っても、まき切れるものではない。明智小五郎がその尾行の名人なのだ。もしも明智があの群衆の中にまじって、人知れず彼女を尾行し、かくれ家をつきとめられるようなことがあったら、……それを考えると、さすがの女賊もゾッとしないではいられなかった。

「やっぱりあの手を用いてやろう。用心にこしたことはありゃしない」

彼女はツカツカと売店の前に近づいて、店番のお神《かみ》さんに声をかけた。

「お願いがあるのですが、聞いて下さらないでしょうか」

売店の台のうしろに、火鉢をかこんで丸くなっていた夫婦の者が、びっくりして顔を上げた。

「何か差し上げますか」

可愛らしい顔のお神さんが、愛想笑いを浮かべて答えた。

「いえ、そんなことじゃありません。折りいってお願いがあるのですが。さっきあすこで話していた男の人があったでしょう。あれは恐ろしい悪人なのです。あたしあいつに脅迫されて、ひどい目に遭いそうなんです。助けて下さいませんでしょうか。さっきはうまくいって先へ帰しましたけれど、あいつはまだ塔の下に待ち伏せしています。どうかお願いです。しばらくの間、あなたあたしの替玉になって、あちらの欄干のところに立っていてくださらないでしょうか。その幕のかげで、着物を取りかえっこして、お神さんがあたしに、あたしがお神さんに化けるのです。幸い年頃も同じだし、髪の形もそっくりなんですから、きっとうまくいきます。そして、御亭主さん、ほんとうにすみませんけど、お神さんに化けたあたしを、そのへんまで送ってくださらないでしょうか。お礼は充分します。ここに持ち合わせているだけ、すっかり差上げます。ねえ、お願いですから」

彼女は、さもまことしやかに嘆願しながら、札入れを取り出し、七枚の千円紙幣を、辞退するお神さんの手に無理ににぎらせた。

夫婦者はボソボソと相談していたが、思わぬ金もうけに仰天して、別に疑うこともなく、この突飛千万な申し出でを承諾してしまった。

売店は風よけの帆布でグルッと取りかこまれているのでその中にかくれて、外からは少しもわからぬように着がえをすることが出来た。

色白のお神さんが、黒蜥蜴のやわらかものを着こんで、みだれた髪をととのえ、金縁眼鏡をかけて、シャンとすると、見違えるばかり上品な奥様姿になった。

黒蜥蜴の方は、変装と来てはお手のものである。髪の形をくずし、そのへんのほこりを手の平になすりつけて、ぐるぐると顔をなで廻すと、もう立派な下級商人のお神さんになりすましてしまった。それに縞の和服に、袖つきの薄よごれたエプロン、継ぎのあたった紺足袋《こんたび》という衣裳だ。

「ホホホホホ、うまいわね。どう？　似合って？」

「飛んだことになったもんだね。かかあの奴、貴婦人みたいにすましこんでいやがる。奥さんの方はきたなくなっちまいましたね。上出来ですよ。それなら旦那様にだって、わかりっこはありゃあしない」

売店の亭主は両人を見比べて、あっけに取られている。

「ああ、そうそう、あんたマスクをはめていたわね、ちょうどいいわ。それを貸して頂戴」

黒蜥蜴の口辺は、白布のマスクに覆いかくされてしまった。

「じゃね、お神さん、そこの欄干に立って、双眼鏡をのぞいてくださいね、お願いしますわ」

そして、売店の女房になりすました女賊は、その御亭主と一しょにエレベーターに乗って、雑沓の地上に降りた。

「さア、急いでくださいね。見つかっては大へんなんだから」

二人は群衆をかき分けるようにして映画街を通り抜け、公園の木立ちの間を、さびしい方へさびしい方へと歩いて行った。

「ありがとう、もう大丈夫ですわ。……まあおかしいわね。あたしたち、まるで駈落者みたいじゃありませんか」

いかにも彼らは奇妙な駈落者の姿であった。男は耳がわるいのか、頭から顎にかけて、グルグルと繃帯《ほうたい》を巻き、その上からきたならしい鳥打帽をかぶり、木綿縞の着物の上に黒らしゃの上っ張りを着て、皮のバンドを締め、素足に板裏草履といういでたち。女は前にしるした通りの女房姿。両人とも、(注9)不意気《ふいき》なマスクをかけている。その男が女の手を引いて、人目を忍ぶように、木立ちから木立ちをぬって、チョコチョコと小走りに、道を急いでいたのだ。

「へへへへへ、どうもすみません」

男は気がついて、にぎっていた女の手をはなすと、少しはにかみながら笑った。

「そんなこと、よござんすわ。……あなた、どうかなさいましたの、その繃帯？」

黒蜥蜴は危地を脱し得たお礼心に、そんなことをたずねてみた。

「ええ、中耳炎をやってしまいましてね。もう大分いいのですけれど」

「まあ、中耳炎なの。大切にしなければいけませんわ。でも、あなたいいお神さんを持ってお仕合《しあわ》せですわね。ああして二人で商売をしていたら、さぞ楽しみなことでしょうね」

「へへへへへ、なあにネ、あんな奴、しょうがありませんや」

この男少し甘いんだなと、おかしくなった。

「じゃ、これでお別れしますわ。お神さんによろしく、ほんとうにこの御恩は忘れませんことよ。……ああ、それから、あの着物は、着古したんですけど、お神さんに差し上げますからって、おっしゃって下さい」

木立ちを出はずれた公園を縦貫する大通りに、一台の自動車がとまっていた。黒蜥蜴は男に別れると、その自動車へと走って行った。

自動車の運転手は、彼女を待ち構えてでもいたように、急いでドアを開く。女賊はいきなりそのドアの中へ姿を消しながら、何か一と言合図のような声をかけると、車はたちまち走り出した。その車の運転手は黒蜥蜴の部下であって、あらかじめ打ち合わせておいて、首領を待ち受けていたのにちがいなかった。

売店の亭主は、女賊の車が動き出すのを見ると、何をとまどいしたのであろう、塔の方へは帰らないで、やにわに大通りに飛び出して、キョロキョロとあたりを見廻していたが、ちょうどそこへ通りかかった一台の空自動車に、彼はサッと手をあげて、その車を呼びとめ、飛び乗るが早いか、さいぜんとは打って変った歯切れのよい口調で叫んだ。

「あの車のあとを追跡するんだ。僕はその筋のものだ。チップは充分に出すから、うまくやってくれたまえ」

車は前の自動車を追いつつ、適当な間隔を取って走り出した。

「先方に気づかれないように注意して」

彼はときどき指図を与えながら、中腰になって、勇ましい騎手のように、前方をにらみつづけていた。

彼は「その筋の者だ」といった。だが、はたして警察官なのであろうか。どうもそうでもないように思われる。彼の声には、何かしらわれわれに親しい響きがこもっていた。いや声だけではない。グルグルとまきつけた繃帯の下から、じっと前方を見つめているあの鋭い両眼には、どこかしら見覚えがあるように感じられるではないか。

追跡

どんよりと曇った冬の日、夕暮れの薄闇、大阪市を南北につらぬくSという幹線道路を、烈しいタクシーの流れにまじって、絶えず一定の距離を保ちながら、不思議な追っ駈けっこをしている二台の自動車があった。

先の車には、和服にエプロン姿の下級商人のお神さんといった、若くて美しい女が、一人ぼっちで、クッションの隅っこの方に隠れるようにして乗っていた。

ちょっと見たのでは、タクシーなんかに乗りそうもないみすぼらしいお神さん。だが、その実は、この女こそ、稀代の女賊「黒蜥蜴」の変装姿であった。

さすがの女賊も、彼女のすぐうしろから、もう一台の自動車が、送り狼のように執念深く尾行していることを、少しも気づかなかったけれども、その尾行車の中には、顔半面に繃帯を巻きつけた、やっぱり下級商人体の異様な男が乗っていて、恐ろしい形相で前の車を見つめながら、運転手に「もっと早く」「もう少しゆっくり」などと横柄な命令を下していた。

この男、そもそも何者であったのか。

　彼は前方をにらみつけたまま、着ていた羅紗《らしゃ》のモジリと縞の着物とを、手早く脱ぎ捨ててしまった。すると、その下から現われたのは、薄よごれたカーキ服、カーキ・ズボン。小商人が、たちまちにして工場労働者と早変りしてしまった。

　職工風になりすますと、彼は今度は、半面の繃帯を、大急ぎで、引きちぎるようにしながら、解きはじめた。見る見るかくれていた顔の半分が現われて来る。耳の病気でもなんでもなかったのだ。ただそう見せかけて、たくみに顔をかくしていたのだ。

　たちまち、らんらんとかがやく両眼が、一文字の濃い眉が、この不思議な人物の正体を暴露《ばくろ》した。明智だ。明智小五郎だ。

　彼は女賊のはかりごとの裏をかいて、塔上の売店の主人と化けおおせ、今日こそは黒蜥蜴の秘密をつきとめ、その本拠をあばかんと、手ぐすね引いて待ち構えていたのだ。

　女賊はそれとも知らず、明智の術中におちいって、彼に逃走の手助けをさえ乞うた。捕えようと思えば、いつでも捕えられたのだ。しかし奪われたお嬢さんの居所を確かめないうちは、賊の本拠をつきとめないうちは、うかつな手出しは禁物である。彼ははやる心をおし静めて、気永《きなが》い尾行を余儀なくさせられた。そして、結局は、一挙にして、お嬢さんと宝石とを、二つながら取り戻し、同時に女賊黒蜥蜴をその筋の手に引き渡そうというのが、彼の計画であった。

もう外はまっ暗になっていた。うしろへうしろへと飛び去る街燈の中を、二台の車は、大阪の町から町をグルグルと曲りながら、不思議なレースをつづけた。

女賊の車の車内燈は消えているので、ただ飛び去る街燈の光線で、背後のガラス窓から、彼女の頭部がほのかに眺められるばかりだ。自然、明智は両方の距離を危険のない程度で出来るだけ接近させなければならなかった。

車がとある町角を曲ると、そこに大阪名物の運河の一つが流れていた。片側は大戸をおろした問屋町、片側は直接河に面して、荷役をするため、河岸《かし》がダラダラ坂に傾斜していた。市内にこんなさびしい場所があると思うほど、夜はまっ暗な町筋である。

先の車は、なぜかその暗闇の中をノロノロと運転して行ったが、少し先の橋の袂まで行くと、そこの明るい街燈の下で、急に停車してしまった。

「アッ、いけない。止めてくれたまえ」

明智が運転手に命じて、ブレーキをかけさせているうちに、相手の車は、グルッと方向転換をしたかと思うと、こちらに向かって引き返して来る。

見ると、その風よけガラスに「空車」という赤い標示が出ている。いつのまにか、後部の客席はからっぽになっていた。

何を考えるひまもなく、怪自動車はもう目の前にいた。のんきらしく警笛を鳴らしながら、ゆっくりとすれちがって行く。

明智は一尺の近さで、相手の車の内部を、くまなく見て取ることが出来た。確かに空車だ。ついさっきまで見えていた女の姿は、影も形もなかった。

運転手は明らかに賊の手下、車も賊のものにちがいないのに、その筋の疑いを防ぐためにか、何喰わぬ顔をして、空タクシーをよそおっているのだ。

この運転手を引っ捕えてみようか。いや、そいつは事こわしだ。黒蜥蜴を探し出さなければならない。そして、あくまで彼奴《きやつ》の本拠をつきとめなければならない。

だが、それにしても、女賊は一体全体、どこへ隠れてしまったのであろう。あの車が橋の袂で停車した時には、だれも降りたものはなかった。そこは明るい街燈の下なのだから、見逃すはずはない。また、ついさいぜんまで、河岸縁《かしぶち》へ車が曲る時までは、あの女は確かに車内にいた。

すると賊は、その角から橋の袂までのわずか半丁ほどの暗闇を利用して、車を徐行させたまま飛び降り、どこかへ姿を隠したものであろうが、どこかへとて、片側はビッシリ立ち並んだ商家が、大戸をしめて静まり返っているのだし、片側は黒い水の流れる運河なのだ。明智は車を降りてその疑わしい半丁ほどを一往復して入念にしらべて見たけれど、どこの隅っこにも、人間はおろか犬の子さえも見当らなかった。

「へんですね。まさかこの河の中へ飛びこんだのじゃありますまいね」

元の場所に帰って来ると、運転手が頓狂なことをいった。

「ウン、河へね、そうかも知れない」

明智は云いながら、そこの荷揚場の下の闇にもやってある一艘《そう》の大きな和船を見つめていた。

船上には人影もないけれど、艫《とも》の舷側《げんそく》の油障子《あぶらしょうじ》に、ランプの灯影が赤くさしている。あの中には船頭の一家族が住んでいるはずだ。見れば、歩みの板もまだ渡したままになっている。もしや、もしや、あの赤い油障子の蔭に、あの女、女賊黒蜥蜴は、息を殺して身をひそめているのではあるまいか。

実に途方もない想像であった。だが、そのほかに女賊の逃げ道は全くなかったのだ。それに黒蜥蜴の場合にかぎっては、常識は禁物だ。出来るだけ突拍子もないことを考えると、それがちゃんと当っているのだ。

「君ね、少し頼まれてくれないか」

明智は一枚の紙幣をにぎらせながら、ソッと運転手の耳元にささやいた。

「あの船の明かりのついている障子があるだろう。一度ヘッド・ライトを消してね、今度スイッチを入れた時には、ちょうどあの障子のあたりを照らすように、自動車の向きをかえてくれたまえ。それから、こいつは少しむずかしい注文だが、君に悲鳴をあげてもらいたいんだ。助けてくれッといってね。出来るだけ大きな声を出すんだ。そして、ヘッド・ライトをパッとつけてほしいんだがね。出来るかい」

「ヘエ、妙な芸当を演じるんですね。……ああ、そうですかい。わかりました。よござんす。やって見ましょう」

お札が物をいって、運転手はたちまち承諾した。ヘッド・ライトが消えた。車は静かに向きをかえた。

職工姿の明智は、その辺に落ちていた大きな石ころを両手に拾い上げると、ダラダラ坂の荷揚場を、河岸へと降りて行く。

「助けてくれえッ、ワーッ、助けてくれえッ」

突如として起こる運転手の金切り声。今にも殺されそうな、真にせまった叫喚《きょうかん》。と、同時に、ドブンという恐ろしい水音、明智が石ころを水中に落としたのだ。音だけを聞けば、だれかが川へ飛びこんだとしか思えない。

案の定、この騒ぎに、船の油障子が開いた。そしてそこからヒョイとのぞいた顔。たちまちヘッド・ライトの直射にあって、びっくりして引っこんだ顔。明智は見逃さなかった。黒蜥蜴だ。お神さんに化けた黒蜥蜴だ。

むろん先方からは、明智の姿は見えない。さいぜんからの尾行を気づいていないこともたしかだ。そうと知ったらあの女が窓から顔を出したりするはずがないからだ。

物音に驚いた商家の雇人たちが、ガラガラと戸を開いて往来へ飛び出して来た。

「なんだ、なんだ」

「喧嘩じゃないか。やられたんじゃないか」

「へんな水の音がしたぜ」

だが、その時分には、す早い運転手は、車の方向をかえて、もう半丁も先を走っていた。

明智は明智で、闇の河岸縁を走って、橋の袂の公衆電話へ駈けこんでいた。

敵は水を利用しようとしている。追跡はどこまでつづくかわかったものではない。味方の者に、あとのことを指図しておかなければならなかった。

怪　談

その翌未明、大阪の川口《かわぐち》を出帆した二百トンにも足らぬ小汽船があった。しあわせと風波のない航海日和《びより》、畳のような海原を、その船は見かけによらぬ快速力で、午後には紀伊《きい》半島の南端に達したが、どこへ寄港するでもなく、伊勢《いせ》湾などは見向きもしないで、まっしぐらに、太平洋のただなかを、遠州灘《えんしゅうなだ》めがけて進んで行った。ちっぽけな船のくせに、大胆にも、遠洋航路の大汽船と同じコースを通っているのだ。

外見はなんのへんてつもないまっ黒な貨物船。だが、船内には貨物倉などは一つもなくて、ハッチを降りると、外のみすぼらしさに引きかえて、驚くほど立派な船室が、ズラリと並んでいた。貨物船と見せかけた客船、いや客船というよりは、一つのぜいたくな住宅であった。

それらの船室のうちでも、船尾に近い一室は、広さと云い、調度と云い、きわだって立派やかに飾られていた。恐らくはこの船の主の居間にちがいない。敷きつめた高価なペルシャ絨毯《じゅうたん》、まっ白に塗った天井、船内とは思われぬ凝ったシャンデリヤ、飾り箪笥《だんす》、織物におおわれた丸テーブル、ソファ、幾つかのアームチェア。

その中に、一つだけ模様の違う長椅子が、居候《いそうろう》といった恰好で、部屋の調和を破って、一方の隅にすえてある。

おや、この長椅子はどっかで見かけたように思うが……ああ、そうだ。かぎ裂きをつくろったあとがある。確かにあれだ。三日以前、岩瀬邸の応接間から、お嬢さんの早苗さんをとじこめてかつぎ出された、あの長椅子だ。それが、どうしてこんな船の中などにおいてあるのだろう。

はて、ここにこの長椅子があるからには、もしかしたら……、いやいや、もしかしたらではない。われわれは長椅子ばかりに気を取られ、それに腰かけている一人物を、つい観察しないでいたが、その人物こそ……つやつやと光るまっ黒な絹の洋装、耳たぶにも、胸にも、指にも、キラキラとかがやく宝石装身具、一種異様の凄味《すごみ》を帯びた美貌、黒絹の衣裳の外まで透いて見える豊満な肉体、これを見忘れてよいものか、黒蜥蜴だ。つい一昼夜以前、明智探偵に尾行されているとも知らず、大型和船の油障子のなかへ姿をかくした、女賊黒蜥蜴だ。

女賊をかくまったあの和船は、夜のうちに枝川から大川へと漕ぎ下り、川口に碇泊《ていはく》していたこの本船へ、黒蜥蜴を乗り移らせたものであろう。

では、この小汽船は一体どうした船かしら。普通の商船なれば、女泥棒なぞが、その一ばん上等の船室を、我物顔にふるまっているわけがない。ひょっとしたら、これは黒蜥蜴自身の持ち船なのではあるまいか。

そうだとすれば、ここに例の「人間椅子」があるわけもわかってくる。そして「人間椅子」があるからには、その中にとじこめられていた早苗さんも、今はこの船内のどこかに監禁されているのではないだろうか。

　それはともかく、われわれは目を転じて、次の部屋の入り口を眺めなければならない。そこにまた、別の一人物が立ちはだかっていたからだ。

　金モールの徽章《きしょう》のついた船員帽、黒い縁とりの詰襟服、普通の商船なれば、事務長といった風体の男である。だがこの男も、どっかで見かけたような気がする。ひしゃげた鼻、頑丈な骨格、まるで拳闘選手みたいな男だが、……ああ、わかった、あいつだ。東京のKホテルで、山川博士に化けて早苗さんを誘拐した、拳闘不良青年、黒蜥蜴に命をささげた子分の一人、雨宮潤一、潤ちゃんの変装姿であった。

「まあ、あんたまで、そんなこと気にかけているの。いやだわねえ。男のくせにお化けが怖くって？」

　黒蜥蜴は、例の長椅子にゆったりともたれて、美しい顔でせせら笑って見せた。

「気味がわるいのですよ。なんだかへんなぐあいですからね。それに、船の奴らは、揃いも揃って迷信家と来ている。あんただって、あいつらが物蔭でボソボソささやいているのを聞いたら、きっといやな気がしますぜ」

　船の動揺によろよろとよろけながら、潤ちゃんの事務長はさも不気味そうな顔をする。

室内には、シャンデリヤがあかあかとついているけれど、鉄板の壁一重外は、とっぷりと日が暮れて、見渡すかぎり黒い水、黒い空、静かだとはいっても、山のようなうねりが、間をおいては押し寄せて来る。その度毎に、あわれな小船は、無限の暗闇にただよう一枚の落葉のように、たよりなくゆれているのだ。

「一体どんなことがあったっていうの？　くわしく話してごらんなさい。そのお化けをだれが見たの？」

「だれも姿を見たものはありません。しかし、そいつの声は、北村《きたむら》と合田《あいだ》の二人が、別々の時間に、たしかに聞いたっていうんです。一人ならともかく、二人まで、同じ声に出っくわしたんですからね」

「どこで？」

「例のお客さんの部屋です」

「まあ、早苗さんの部屋で」

「そうですよ。今日お昼頃に、北村がドアの前を通りかかると、部屋の中で、低い声でボソボソ物をいっている奴があったんです。あんたも僕も、みんな食堂にいた時ですよ。早苗さんは例の猿ぐつわをはめてあるんだから、物をいうはずはない。ひょっとしたら水夫か何かがいたずらをしているんじゃないかと思って、ドアをあけようとすると、外から錠がかかったままになっている。北村はへんに思って、大急ぎで鍵を取って来て、ドアをあけて見たというのです」

「猿ぐつわがとれていたんじゃない？　そして、あのお嬢さん、また呪いの言葉でもつぶやいていたんじゃない？」

「ところが、猿ぐつわはちゃんとはめてあったのです。両手を縛った縄もべつにゆるんでなんかいなかったのです。

むろん部屋の中には、早苗さんのほかにだれもいやあしない。北村はそれを見て、なんだかゾーッとしたって云います」

「早苗さんに尋ねて見たんだろうね」

「ええ、猿ぐつわを取ってやって、尋ねて見ると、かえって先方がびっくりして、少しも知らないと答えたそうです」

「へんな話ね。ほんとうかしら」

「僕もそう思った。北村の耳がどうかしていたのだと、軽く考えて、そのままにしておいたのです。ところが、つい一時間ほどまえ、妙なことに、今度も、みんなが食堂にいた間の出来事ですが、合田がまた、その声を聞いちゃったんです。合田も鍵を取って来て、ドアをあけて見たと云います。すると、北村の場合と全く同じで、早苗さんのほかには人の影もなく、猿ぐつわにも別状はなかったそうです。この二度の奇妙な出来事が、いつとなく船員に知れ渡って、先生たちお得意の怪談ばなしが出来あがっちまったというわけですよ」

「どんなことをいっているの？」

「みんなうしろ暗い罪を背負《しょ》っている連中ですからね。人殺しの前科者だって二人や三人じゃありませんからね。怨霊《おんりょう》というようなものを感じるのですよ。この船には死霊がたたっているんだなんていわれると、僕にしたってなんだかいやあな気持になりますぜ」

また一つ、大きなうねりが押し寄せて、ゴーッという異様な音を立てながら、船体を高く高く浮き上がらせたかと思うと、やがて、果て知れぬ奈落《ならく》へと沈めて行く。ちょうどその時、発電機に故障でもあったのか、シャンデリヤの光が、スーッと赤茶けていって、何かの合図でもあるかのように、薄気味のわるい明滅を始めた。

「いやな晩ですね」

潤一青年は、おびえた目で息つく電燈を見つめながら、さも不気味らしくつぶやいた。

「大きな男のくせして、弱虫ねえ。ホホホホホ」

黒衣婦人の笑い声が、壁の鉄板にこだまして、異様に響き渡った。

　すると、その時、まるで彼女の笑い声の余韻《よいん》でもあるように、ソーッとドアをあけてはいって来た白いものがあった。白の(注10)大黒頭巾《だいこくずきん》、白の詰襟服、白のエプロン、大黒さまのように肥った顔が、異様に緊張している。この船のコックである。

「ああ、君か。どうしたんだ。びっくりさせるじゃないか」

　潤一青年がしかると、コックは、低い声で、さも一大事のように報告した。

「またへんなことがおっぱじまりそうですぜ。化物のやつ炊事室にまで忍びこんで来やあがる。鶏が丸のまま一羽見えなくなっちまったんです」

「鶏って？」

　黒衣婦人が不審そうにたずねる。

「なあに、生きちゃいねえんです。毛をむしって、丸ゆでにしたやつが、七羽ばかり戸棚の中にぶら下げてあったのですが、昼食の料理をする時には、たしかに七つあったやつが、今見ると、一羽足りなくなっているんです。六羽しきゃねえんです」

「夕食には鶏は出なかったわね」

「ええ、だからおかしいんです。この船には、一人だって食いものにガツガツしている者はいねえんですからね。お化けでもなけりゃあんなものを盗むやつはありゃしません」

「思い違いじゃないの」

「そんなこたアありません。あっしはこれでごく物覚えがいい方ですからね」

「へんだわねえ、潤ちゃん、みんなで手分けして船の中をしらべて見てはどう？　ひょっとしたら何かいるのかも知れない」

女賊とても、かさなる怪事に妙な不安を感じないではいられなかった。

「ええ、僕もそうして見ようと思っているのです。死霊にもせよ、生霊《いきりょう》にもせよ、物を云ったり、食いものを盗んだりするところをみると、何か形のあるやつにちがいないですからね。厳重にしらべたら、化物の正体を見届けることができるかも知れませんね」

そこで、潤一事務長は、船内の捜索を命ずるために、そそくさと部屋を出て行った。

「ああ、それから、美しいお客さんのことづけがあったんですがね」

コックが思い出して、女首領に報告した。

「え、早苗さんがかい」

「そうですよ。つい今しがた、食事を持って行ったんですがね。縄を解いて猿ぐつわをはずしてやると、あの娘さん今日はどうしたことか、さもおいしそうに、すっかり御馳走を平らげちゃいましたよ。そして、もうあばれたり、叫んだりしないから、縛らないでくれっていうんです」

「素直にするって云うの？」

黒衣婦人は意外らしく聞き返す。

「ええ、そういうんです。すっかり考えなおしたからって、とてもほがらかなんです。昨日までのあの娘さんとは思えないほどの変り方ですぜ」

「おかしいわね。じゃ、あの人を一度ここへ連れて来るように、北村にいってくれない」

コックが旨を領して退出すると、間もなく、縛《いまし》めを解かれた早苗さんが、北村という船員に手をとられてはいって来た。

恐ろしき謎

早苗さんはひどくやつれていた。誘拐されたままの銘仙《めいせん》の不断着が、クチャクチャにしわになって、髪もみだれるにまかせ、おびただしいおくれ毛が、青白い額をかくし、頬もげっそり落ちて、ひとしお高く見える鼻の上に、つるのゆがんだ眼鏡が、みすぼらしくかかっている。

「早苗さん、お気分はいかが？　そんな所に立っていないで、ここへお掛けなさいな」

　黒衣婦人が、自分の長椅子を指さしながら、やさしく云った。

「ええ」

　早苗はいわれるままに、素直に二三歩前に出たが、黒衣婦人の掛けているその長椅子をはっきり意識すると、幽霊でも見たように、ハッと恐怖の表情を浮かべて、あとじさりを始めた。

　人間椅子、人間椅子、三日前に、この中へとじこめられた恐ろしい記憶が、まざまざと浮かんで来る。

「ああ、これなの。この椅子が怖いの？　無理はないわね。じゃ、そちらの肘掛椅子にするといいわ」

　早苗さんは、いわれた椅子におずおずと腰をおろした。

「あんなに、あばれたりなんかして、すみませんでした。もうこれから、なんでもおっしゃる通りにいたしますわ。ごめんなさい」

　うなだれたまま、かすかに詫《わ》び言をいうのだ。

「とうとう、あなた観念なすったのね。それがいいわ。もうこうなったら、素直にしている方が、あなたのおためなのよ。……でも不思議ねえ、昨日まであれほど反抗していた早苗さんが、急に、こんなにおとなしくなるなんて、何かあるの？　何か訳があるの？」

「いいえ、別に……」

女賊は鋭い眼で、うなだれている相手を、刺すように見つめながら、次の質問に移っていた。

「北村と合田から聞いたんですがね。あなたの部屋で人の声がしたっていうのよ。だれかあなたの部屋へはいった者があるんじゃないの？　ほんとうのことをいって下さらない？」

「いいえ、あたしちっとも気がつきませんでしたわ。何も聞きませんでしたわ」

「早苗さん、うそをいってるんじゃないの？」

「いいえ、決して……」

「………」

黒蜥蜴は早苗さんをじっと見つめたまま、何か考えこんでいる。異様な沈黙がしばらくつづく。

「あの、この船、どこへ行きますの？」

やっとしてから、早苗さんが、おずおずと尋ねた。

「この船？」女賊はハッと冥想《めいそう》からさめたように、「この船の行く先、教えて上げましょうか。あたしたちは今、遠州灘を東京に向かって走っているのよ。東京にはね、或る秘密の場所に、あたしの私設美術館がありますの。ホホホホホ、早苗さんにお目にかけたいわね。それがどんなにすばらしい美術館だか。……そこへ、あなたと『エジプトの星』を陳列するために、こうして急いでいるのよ」

「………」

「汽車に乗れば、そりゃ早いにきまっているけれど、あなたという生きたお荷物があっては、あぶなくって、陸路をとることができなかったのよ。船なれば、少し遅いけれど、まったく安全ですからね。早苗さん、これあたしの持ち船なのよ。黒蜥蜴のお姐《ねえ》さんは、ちゃんと蒸汽船まで用意しているのさ。驚いたでしょう。でも、あたしにだって、こんな船の一艘ぐらい自由にする資力はあるのよ。あたしたち、陸路をとれない時は、いつもこの船を利用していますの。こういううまい道具がなくっちゃ、その筋の目を、長い間のがれていることなんぞ、思いもおよばないわね」

「でも、あたし……」

早苗さんが、何かしら強情な様子をして、上目使いにチラと黒衣婦人を見た。

「でも、どうだとおっしゃるの？」

「あたし、そんな所へ行くの、いやですわ」

「そりゃ、あたしだって、あんたがすき好んで行くなんて思ってやしない。いやでしようけど、あたしはつれて行くのよ」

「いいえ、あたし、行きません、決して……」

「まあ、大へん自信がありそうね。あんたはこの船から逃げ出せるとでも思っているの？」

「あたし信じていますわ。きっと救って下さいますわ。あたしちっとも怖くはありませんわ」

この確信に満ちた声を聞くと、黒衣婦人は何かしらギョッとしないではいられなかった。

「信じているって、だれをなの？　だれがあんたを救ってくれるの？」

「おわかりになりません？」

早苗さんの口調には、解きがたき謎と、不思議に強い確信がふくまれていた。かよわいお嬢さんを、これほど強くさせたものは、一体全体何者の力であったか。

もしや、もしや……、黒衣婦人は見る見る無残に青ざめていった。

「ええ、わからないこともありませんわ。云って見ましょうか。……明智小五郎！」

「まあ……」

早苗さんは虚を突かれたように、かえって狼狽を感じた様子であった。

「ね、あたったでしょう。あなたの部屋で、こっそりあなたをなぐさめてくれた人。みんなはお化けだなんて云っているけれど、お化けが物をいうはずはない。明智小五郎でしょう。あの探偵さんがあんたを助けてやると約束したんでしょう」

「いいえ、そんなこと」

「ごまかしたってだめよ。さア、もうあんたから聞くことは、何もないわ」

黒衣婦人は物凄い形相をして、スックと立ち上がった。

「北村、この娘を元の通り縛って、猿ぐつわをはめて、あの部屋へとじこめておしまい。そして、お前も部屋へはいって、内側から鍵をかけて、もういいというまで見張りをしているんです。ピストルの用意はいいだろうね。どんなことがあっても、逃がしたりしたら、承知しないよ」

「よござんす。たしかに引き受けました」

北村が早苗さんを引きずるようにしてつれ去るあとから黒蜥蜴もあわただしく廊下へ飛び出して行ったが、ちょうどそこへ、船内の捜索を終った潤一事務長が帰って来るのとぶッつかった。

「あ、潤ちゃん。お化けの正体はね、明智探偵なのよ。明智が、どうかしてこの船の中に潜伏しているらしいのよ。さ、もう一度、探させて下さい。早く」

そこでまた、船内の大捜索が行われた。十名の船員が手分けをして、懐中電燈を振り照らしながら、甲板、船室、機関部は申すに及ばず、通風筒の中から、貯炭室の底までもしらべ廻った。だが、それらしい人影はもちろん、これぞという手がかりさえも得られなかった。

水葬礼

黒衣婦人は、空しくもとの船室に引きあげて、例の長椅子にグッタリとなったまま、この解きがたい謎を解こうとして、長いあいだ冥想にふけっていた。

これらの出来事には関係なく、機関は絶え間なく活動し、船は暗闇の空と水の中を、全速力で、東に向かって進んでいた。

船全体を、小きざみに震動させる機関の響き、ひっきりなしに舷《ふなべり》をうつ波濤《はとう》の音、ふと忘れている頃に襲いかかる大うねりの、すさまじい動揺。

黒蜥蜴は、長椅子の一方の腕にもたれて、何か怖いものでも見るように、その長椅子の表面のかぎ裂きのあとを見つめていた。

振りはらっても振りはらっても、湧き上がって来る恐ろしい疑惑をどうすることも出来なかった。もうそのほかに考えようがないではないか。あらゆる隅々を探しつくしたのだ。たった一つ残っているのは、人々の盲点にかかったように、捜索を忘れられている、この長椅子のなかであった。

心をすますと、機関の震動とは別の、かすかなかすかな鼓動が、クッションの下から、彼女の皮膚に伝わって来るように感じられた。人間の心臓が脈打っているのだ。椅子の中にひそんでいるだれかの鼓動が聞こえて来るのだ。

彼女はまっ青になって、歯を喰いしばって、今にも逃げ出したい衝動をじっとおさえていた。

だが、そうしてじっとしているうちに、椅子の中から伝わって来る鼓動は、刻一刻その振幅《しんぷく》を増して行くように思われた。彼女にはもう、波の音も機関の響きも聞こえなかった。ただ、お尻《しり》の下の、えたいの知れぬ鼓動だけが、まるで太鼓の音のように、異様に拡大されて鳴り響いた。

もう我慢が出来なかった。逃げるもんか、だれが逃げるもんか。たといあいつがこの中にひそんでいたとしても、袋の中の鼠じゃないか。恐れることはない、ちっとも恐れることなんかありゃしない。

「明智さん、明智さん」

彼女は思い切って、大声に呼びながら、長椅子のクッションをコツコツと叩いた。

すると、ああ、はたして、椅子の中から、陰にこもった声が答えたのだ。

「僕は影法師のように、君の身辺をはなれないのだよ。君の作ったからくり仕掛けが、大へん役に立ったぜ」

地の底からのように、或いは壁の中からのように響いて来る、その陰気な声が、黒衣婦人を思わず身ぶるいさせた。

「明智さん、怖くはないのですか。ここはあたしの味方ばかりですよ。警察の手のとどかない海の上ですよ。怖くはないのですか」

「怖がっているのは、君の方じゃないのかい。……フフフフ」

まあ、なんて気味のわるい笑い方をするんだろう。椅子から出ようともしないで、平気でいる。奥底の知れない男だ。

「怖くはないけど、感心しているのよ。あなたに、どうしてこの船がわかりましたの」

「船は知らなかったけれど、君のそばにくっついていたら自然とここへ来ることになったのだよ」

「あたしのそばに？　わかりませんわ」

「通天閣の上から君に尾行することの出来た男は、たった一人しかなかったはずだぜ」

「まあ、そうだったの？　すてきだわ。ほめて上げますわ。売店の主人が明智小五郎だったのね。あたし、なんて間抜けだったでしょう。あの繃帯を中耳炎といわれて、信用してしまうなんて、おかしかったでしょうね」

黒衣婦人は一種異様の感動にうたれ、彼女のお尻の下に横たわっている人物が、敵ではなく恋人ででもあるような、奇妙な錯覚を感じていた。

「ウン、まあね。ばかすつもりでばかされていた君の様子は、少しばかり愉快でないこともなかったね」

世にも不思議な会話が、ここまで運ばれた時、突然ドアが開いて、事務長姿の雨宮潤一がはいって来た。彼は室内の異様な話し声に不審をいだいたのだ。

黒蜥蜴は相手が物をいわぬうちに、す早く唇に指を当てて合図をした。そして潤一青年をソッと手招きすると、そばの卓《テーブル》にあったハンド・バッグから鉛筆と手帳を取り出して、口では何気なく明智に話しかけながら、手はいそがしく手帳の紙の上を走った。

(手帳の文字)コノイスノ中ニ明智タンテイガイル。

「それじゃもしや、S橋の河岸で、妙な叫び声を立てたり水音をさせたりしたのも、あんたの仕草じゃなかったの?」

(手帳の文字)ハヤクミンナヲ呼べ。丈夫ナ縄ヲモッテコイ。

「お察しの通りだよ。あの時君が油障子から顔を出しさえしなければ、こんなことにはならなかったかも知れないぜ」

「やっぱりそうだったの。で、それから、どうして尾行なすったの?」

この会話のうちに、潤一青年は、ぬき足さし足、室外に立ち去った。

「自転車を借りてね、君の船を見失わぬように、河岸から河岸と、陸上を尾行して行ったのさ。そして、夜がふけるのを待って、小舟を頼んでこの本船に漕ぎつけ、暗闇の中で曲芸のような真似をして、やっと甲板の上まで登りついたのだよ」

「でも、甲板には見張りの者がいたでしょう」

「いたよ。だから、船室へ降りるのにひどく手間取ってしまった。それから、早苗さんの監禁されている部屋を見つけるのが大へんだった。やっと見つかったかと思うと、ハハハハ、ざまを見ろ、船はもう出帆していたんだ」

「どうして早く逃げ出さなかったの？　こんな所にかくれていたら、見つかるにきまっているじゃありませんか」

「ブルブルブル、この寒さに水の中はごめんだ。僕はそんなに泳ぎがうまくはないんだ。それよりは、この暖かいクッションの下に寝ころんでいた方が、どんなにか楽だからね」

実にへんてこな会話であった。一人は椅子の中の闇に横たわっているのだ。一人はその身体の上に、クッションをへだてて腰かけているのだ。お互いに体温を感じ合わぬばかりである。しかもこの二人はうらみかさなる仇敵《きゅうてき》。すきもあらば敵の喉笛《のどぶえ》に飛びかからんとする二匹の猛虎。そのくせ言葉だけは、異様にやさしく、まるで夫と妻の寝物語のようであった。

「ねえ君、僕は夕食からずっとここに寝ているので、あきあきしてしまったよ。それに、君の美しい顔も見たくなった。ここから出てもいいかい」

いかなる神算鬼謀《しんさんきぼう》があるのか、明智はますます大胆不敵である。

「シッ、いけません。そこを出ちゃいけません。男たちに見つかったら、あなたの命がありません。もう少しじっとしていらっしゃい」

「ヘエー、君は僕をかばってくれるのかい」

「ええ、好敵手を失いたくないのよ」

そこへ、潤一青年を先頭に、五人の船員が、長いロープを持って、音を立てぬように注意しながらはいって来た。

(手帳の文字) 明智ヲイスノ中ニトジコメタママ、外カラ縄ヲマキツケテ、イスゴト甲板カラ海ヘナゲコンデシマエ。

男たちは無言の命令にしたがって、長椅子の端から、ソッと縄を巻きはじめた。黒衣婦人はニヤリと笑いながら、作業の邪魔にならぬよう、椅子を立ち上がった。

「おい、どうしたんだ。だれか来たのかい」

それとも知らぬ明智は、椅子の外の異様な気配に、お人好しな不審をいだいている。

「ええ、今ロープを巻いているのよ」

やがて、縄はほとんど椅子全体にまきつけられてしまった。

「ロープだって？」

「ええそうよ。名探偵を簀巻《すま》きにしているところよ。ホホホホ」

今や黒蜥蜴は悪魔の本性を暴露した。彼女は一匹の黒い鬼の形相でスックと立ちはだかると、女性とは思われぬ烈しい口調で指図を与えた。

「さア、みんな、その椅子をかつぐんだ。そして甲板へ……」

六人の男が、苦もなく簀巻きの長椅子をかつぎ上げると、ドタドタと廊下から階段へ急いだ。椅子の中では、かわいそうな探偵が、網にかかった魚のように、ピチピチと身もだえしているのが感じられた。

甲板の上は星一つない闇夜であった。空も水もただ一面の黒暗々《こくあんあん》。その中に、スクリューで泡立てられた夜光虫の燐光《りんこう》が、一条の帯となって、異様に白々と長い尾を引いていた。

六人の黒法師が、棺桶のような長椅子をかついだまま、舷に立った。

「一チ、二ツ、三ン」

掛け声もろとも舷側をすべる黒い影。ドブンとあがる燐光の水けむり。ああ、名探偵明智小五郎はついに、あまりにあっけなく太平洋の藻屑《もくず》と消え去ったのであった。

地底の宝庫

明智を包んだ長椅子は、一瞬間、船尾に泡立つ燐光の中に生あるもののごとくグルグルと廻転していたが、たちまちにして、その黒い影は水面下に没してしまった。

「水葬礼ってやつですね。これでわれわれの邪魔者がなくなった。だが、あの元気な明智先生が、もろくも水底の藻屑と消えたかと思うと、ねえマダム、ちっとばかしかわいそうでないこともありませんね」

雨宮潤一が、黒蜥蜴の顔をのぞきこむようにして、憎まれ口をきいた。

「いいから、お前たちは早く下へ降りておしまい」

黒衣婦人は、叱りつけるようにいって、男たちを船室へ追いやると、たった一人、艫の欄干にもたれかかって、今長椅子を呑んだ水面を、じっと見おろしていた。

同じリズムを繰り返すスクリューの音、同じ形に流れ去る波頭、湧き立つ夜光虫の燐光。船が走るのか水が流れるのか、そこには永劫《えいごう》かわることなき律動が、無神経に反覆されているばかりであった。

黒衣婦人は、寒い夜の風の中に、ほとんど三十分ほどの間も、身動きさえしないで立ちつくしていた。それから、やっと船室へ降りて来た時、そこの明るい電燈に照らし出された彼女の顔は、恐ろしく青ざめていた。頰には涙のあとがまざまざと残っていた。

一度自分の船室へはいったけれど、彼女はそこにもいたたまれぬように、また廊下に出て、早苗さんの監禁されている部屋へ、フラフラと歩いて行った。

ノックすると、北村という船員が、ドアをあけて顔を出した。

「お前は少しあっちへ行っておいで、早苗さんはあたしが見ているから」

北村をしりぞかせて、彼女は部屋のなかへはいって行った。

かわいそうな早苗さんは、うしろ手に縛り上げられ、猿ぐつわをはめられて、部屋の隅に倒れていた。黒蜥蜴はその猿ぐつわを解いてやって、声をかけた。

「早苗さん、あなたにお知らせしなければならないことがあるのよ。大へん悪いこと。あなたがきっと泣き出すことよ」

早苗さんは起き上がって、敵意に満ちた目で女賊をにらみつけたまま返事をしなかった。

「どんなことだか、あなた、わかって？」

「…………」

「ホホホホホ、明智小五郎、あんたの守護神の明智小五郎が、死んじまったのよ。あの長椅子の中へはいったまま、簀巻きにされて、海んなかへ沈められてしまったのよ。たった今、たった今甲板から、ドブンと水葬礼にされちゃったのよ。ホホホホホ」

早苗さんはギョッとして、ヒステリイみたいに笑っている黒衣婦人の顔を見つめた。

「それ、ほんとうですの？」

「うそにあたしがこんなに喜ぶと思って？　あたしの顔をごらんなさい。嬉しくって仕様がないんですもの。でも、あんたはさぞガッカリしたでしょうね。たった一人の味方が、頼みの綱が切れてしまったのだから。もう、あんたを救ってくれる人は、広い世界にだあれもないのよ。未来永劫あたしの美術館にとじこめられたまま、二度と日の目を拝むことは出来やしないのよ」

相手の顔色を読み、その言葉を聞いているうちに、この凶報が決してうそでないことが、早苗さんにもわかって来た。そして、名探偵の死が彼女にとって何を意味するかということを、ハッキリ理解した。

絶望だ。明智への信頼が強かったのに反比例して、その絶望はみじめであった。彼女は今や、恐ろしい敵の唯中にたった一人ぼっちであることを、強く意識した。

少しの間、唇をかみしめて、じっとこらえていたが、とうとう我慢がしきれなくなった。彼女は両手をうしろに縛られたまま、膝《ひざ》の上にうなだれて、顔をかくすようにしてシクシクと泣き始めた。膝の上に熱い涙がひっきりなしにしたたり落ちた。

「およしなさい。泣くなんてみっともないわ。意気地なし、意気地なし」

黒蜥蜴はそれを見て、妙に甲高い声で叱ったが、彼女もいつの間にか早苗さんのそばにくず折れていた。そしてこの妖婦《ようふ》の頰にも、止めどもない涙が流れていた。

無二の好敵手を失ったさびしさか、それとも何かもっと別の理由があったのか、女賊はいとも不思議な悲しみに、うちひしがれていた。

いつのほどにか、誘拐するものとされるもの、黒蜥蜴とその餌食《えじき》、敵同士の二人が、まるで仲のよい姉妹のように手を取り合って泣いていた。悲しみの意味はそれぞれ違っていたけれど、悲しみの深さ激しさは、少しも変りがないように見えた。

黒衣婦人は、五つ六つの子供のようにワアワアと声を上げて泣いた。すると、早苗さんも誘われて、同じように手ばなしで泣き始めた。なんという意外な、非常識な光景であったろう。今彼女らは二人のいたいけな幼女でしかなかった。それとも、二人の無邪気な野蛮人でしかなかった。あらゆる理知も感情も、まったく影をひそめて、ただ悲痛の感情だけが、痛々しいまでに露出した。

この不思議な悲しみの合唱は、エンジンの単調な響きともつれ合って、いつまでもいつまでもつづいた。泣きに泣いて、女賊の胸に日頃の邪悪が目ざめるまで、早苗さんの心に敵愾心《てきがいしん》が湧きあがるまで。

その翌日の夕ぐれ、汽船は東京湾に入ってTという埋立地の海岸近くに錨《いかり》をおろした。闇の深くなるのを待ってボートがおろされ、数人の人々がそれにのって、人目のない埋立地の一角に漕ぎつけた。

三人の漕ぎ手をボートに残して、上陸したのは黒衣婦人と、早苗さんと、雨宮潤一青年であった。早苗さんは両手を縛られたまま猿ぐつわをはめられた上、厚い布で眼かくしまでされている。いよいよ黒蜥蜴の巣窟《そうくつ》に近づいたのでその路順《みちじゅん》をさとられない用心であろう。雨宮青年は、船員服をぬいで口髭と頬髯に顔をかくし、カーキ色の職工服、見たところ機械工場の職工長といったかっこうである。

T埋立地は広々とした工場街で、住宅はほとんどなく、工業界不振時代のその頃には、夜業をいとなむ工場など皆無であったから、夜はまばらに立った青白い街燈のほかには、燈火も見えず、廃墟のような場所であった。

三人は、海岸につづくひろい草原を横ぎり、工場街の道路を、グルグルと廻りあるいた末、とある一と構えの廃工場へとはいって行った。

塀は破れ、門柱はかたむき、門内には雑草がボウボウと生い茂った、化物屋敷めいたあき工場だ。むろん燈火などは一つもないので、黒衣婦人は用意の懐中電燈を点じて、ソッと地上を照らしながら、雑草をふみしだいて先に立つ。そのあとから、目かくしされた早苗さんの背中を抱くようにして、職工服の雨宮青年がしたがって行く。

門から五六間行くと、大きな木造の建物がある。懐中電燈がその建物の側面をスーとなでるように通り過ぎた。たくさんのガラス窓。だが、そのガラスはみな破れ落ちて、満足なのは一つもない。黒衣婦人は建物の破れ戸を、ガタピシ開いて、蜘蛛の巣だらけの内部へとはいって行く。

　懐中電燈が、こわされた機械類、天井を這うさびたシャフト、動輪、ちぎれたベルトなどを、次々とかすめて、最後にとまったのは、建物の一隅、監督者の事務室とおぼしき小部屋であった。

　三人はそこの破れたガラス戸を開いて、板ばりの床に上がった。

「トントン、トントントン、トントン……」

　黒衣婦人の靴の踵《かかと》が調子をつけて床を蹴る。まさかありふれたモールス信号ではあるまい。だが、何かの信号には相違なかった。その靴音が止むか止まぬに、懐中電燈の丸い光の中の床板が(注11)、方《ほう》三尺ほど、音もなくスーッと横に開いて、その下からコンクリートの地面が現われたが、驚いたことには、地面そのものが、蔵の戸前のような厚ぼったいドアになっていて、それが下方に落ちると、ポッカリと、地下道の黒い口が開いた。

「マダム？」

　地の底から、誰何《すいか》の低い声がひびく。

「ああ、今日は大切なお客をつれて来たのよ」

　あとは無言のうちに、早苗さんの背中を抱いた雨宮青年が、地下道の階段を、注意しながら、一段一段と降りて行く。つづいて黒衣婦人の姿も地底に消えると、コンクリートのかくし戸も、床板も、もともとどおり閉じられて、あとはまた、何ごともなかったような、暗闇の廃工場であった。

恐怖美術館

早苗さんは、本船からボートに乗り移るさいに、厳重な目かくしをされたままであったから、ボートがどこへ着いたのか、上陸してどこをどう歩いたのか、ここは地上なのか地下なのか、全く想像さえつかなかった。

「早苗さん、ずいぶん窮屈な思いをさせたわね。さアもういいのよ。潤ちゃん、すっかり自由にして上げるといいわ」

黒蜥蜴の親切らしい声がしたかと思うと、猿ぐつわ、両手の縄が順次にほどかれていって、眼界がパッと明るくなった。長いあいだ暗い目かくしに押さえつけられていた彼女の眼には、まぶしいほどの明るさであった。

そこは、天井も床も、左右の壁も、コンクリートで固めた、長い曲り曲った廊下のような場所であった。天井からは、華美な切子《きりこ》ガラスのシャンデリヤが下がっていた。そのキラキラとまぶしい光に照らされて、左右の壁ぎわにズラリと並んだガラス張りの陳列台。その中には、あらゆる形状の宝玉が、シャンデリヤの光を受けて、無数の星のようにきらめいていた。

　早苗さんは、あまりの美しさ、豪勢さに、捕われの身をも忘れて、思わずアッと感嘆の声を上げた。日頃宝石類はあきあきするほど見なれているはずの大宝石商の娘さんが声を立てて驚いたのだ。そこに集まっていた宝石の質と量とがいかにすばらしいものであったかは、くだくだしく説くまでもないであろう。

「まあ感心してくれたのね。これあたしの美術館なのよ。いいえ、美術館のほんの入り口なのよ。どう？　あんたのお店の陳列とくらべて、まさか見おとりはしないでしょう。十何年のあいだ、命をかけて、知恵という知恵をしぼり、危険という危険をおかして、蒐集《しゅうしゅう》したんだもの、世界じゅうのどんな高貴のお方の宝石蔵にだって、これほどの数は集まっていないと思うわ」

　黒衣婦人は誇らしげに説明しながら、大切そうに抱えたハンド・バッグを開いて、例の大宝玉「エジプトの星」をおさめた銀製の小函を取り出した。

「あんたのお父さまには、ちっとばかしお気の毒だったけれど、これ、あたしの長いあいだの念願だったのよ。今日こそそれがこの美術館へおさまることになったのだわ」

パチンと小函の蓋を開くと、シャンデリヤを受けて、五色の焔と燃え立つ大宝石。黒蜥蜴は、さも嬉しげに、それを眺めていたが、やがてハンド・バッグから鍵束を取り出し、一つの飾り台のガラス戸を開くと、銀器の蓋を開いたまま、その大ダイヤモンドを中央に安置した。

「まあ、なんてすばらしいのでしょう、ほかの宝石なんかみんな石ころかなんぞのようね。これであたしの美術館の名物が、一つ増えたってわけだわ。早苗さん、ありがと」

皮肉をいったわけではないのだが、早苗さんに、どう答える言葉があろう。彼女は悲しげに目を伏せたままだまっていた。

「さア、ではもっと奥へ行きましょう。あんたに見せるものが、まだまだたくさんあるんだから」

それから、地底の廻廊《かいろう》を進むにつれて、古めかしい名画を懸け並べた一廓があるかと思うと、その隣には仏像の群、それから西洋ものの大理石像、由緒ありげな古代工芸品、まことに美術館の名にそむかぬ豊富な陳列品であった。

しかも、黒衣婦人の説明によれば、それらの美術工芸品の大半は、各地の博物館、美術館、貴族富豪の宝庫におさまっていた著名の品を、たくみな模造品とすりかえて、本物の方をこの地底美術館へおさめてあるのだという。

もしそれが事実とすれば、博物館は模造品を得々として展覧に供し、貴族富豪は模造品を伝来の家宝として珍蔵していることになる。しかも、所有者はもちろん、世間一般も、少しもこれを怪しまないというのは、なんという驚くべきことであろう。

「でも、これでは、よく出来た私設博物館というだけのことだわね。少し頭のはたらく、資力のある賊ならば、だれだって真似の出来ることだわ。あたしはこんなもので自慢しようなんて思っていやしない。早苗さんにぜひ見てもらいたいものは、まだこの先にあるのよ」

そして、彼女らが、廻廊の角を曲ると、そこには、これまでとは全く違った、不思議な光景が開けていた。

おや、これは蠟《ろう》人形ではないか。だが、なんとよく出来た蠟人形であろう。

一方の壁が、長さ三間ほど、ショウ・ウィンドウのようなガラス張りになって、その中に、西洋人の女が一人、黒ン坊の男が一人、日本の青年と少女とが一人ずつ、つごう四人の男女が、全裸体で、ある者は立ちはだかり、ある者はうずくまり、あるものは寝そべっているのだ。

節くれ立った腕をくんで、仁王立ちになった、拳闘選手のような黒人。しゃがんだ膝の上に、両肘をもたせて、頬杖をついている金髪娘。長々とうつぶせに寝そべって、黒髪を肩のあたりにふさふさと波打たせ、重ねた腕に顎をのせて、じっとこちらを見つめている日本娘。円盤投げの姿勢で身体じゅうの筋肉を隆起させている日本青年。それらの男女はことごとく、容貌と云い肉体と云い、比べるものもないほど、美しいのである。

「ホホホホホ、よく出来た生人形《いきにんぎょう》でしょう。でも、すこうしよく出来過ぎていはしなくって？　もっとガラスに近寄ってごらんなさい。ほら、この人たちの身体には、細かい産毛《うぶげ》が生えているでしょう。産毛の生えた生人形なんて、聞いたこともないわね」

早苗さんは、ふと好奇心をそそられて、そのガラス板に近づいた。彼女自身の運命の恐ろしさをも、つい忘れるほど、その人形たちには一種不思議な魅力があった。

まあ、ほんとうに産毛が生えているわ。それに、この肌の色、細かい細かいしわまでも、こんなに真にせまった蠟人形なんて、あるものかしら。

「早苗さん、これ、蠟人形だと思って？」

黒衣婦人が、薄気味のわるい微笑をふくんで、じらすようにたずねる。その言葉が、なぜか早苗さんをドキンとさせた。

「どことなく、人形とは違った、恐ろしいようなところがあるでしょう。早苗さんは、剝製《はくせい》の動物標本を見たことなくって？　ちょうどあんなふうに人間の美しい姿を、永久に保存する方法が発明されたら、すばらしいとは思わない？　それなのよ。あたしの部下のものが、その人間の剝製というものを考案したのよ。ここにいるのは、その人の試作品なの。まだ完全というところまではいっていないけれど、でも、蠟人形なんかのような死物ではありませんわ。生きているでしょう。中味はやっぱり蠟なのだけれど、皮膚と毛髪とは、ほんとうの人間なのよ。そこに人間の魂がつきまとっているんだわ。人間のにおいが残っているんだわ。すばらしくはなくって？　若い美しい人間を、そのまま剝製にして、生きていればだんだん失われていったにちがいないその美しさを、永遠に保っておくなんて、どんな博物館だって、真似も出来なければ、思いつきもしないのだわ」

黒衣婦人は、われとわが言葉に昂奮して、いよいよ雄弁になっていった。

「さア、こちらへいらっしゃい。この奥にはもっとすばらしいものが陳列してあるのよ。これはいくら真にせまっても、魂を持っていても、動くことは出来ないのだけれど、この奥には、ピチピチと動いているものがあるのよ」

みちびかれるままに、また一歩角を曲ると、今までの静的な風景とはガラリと変って、そこには、動く美術品が陳列されていた。

太い鉄棒の獅子か虎の檻《おり》のようなものがあって、その中に、赤々と燃える電気ストーヴと一しょに、一人の人類がとじこめられているのだ。

それは日本人であったが、Tという映画俳優によく似た二十四五歳の水ぎわ立った美青年。それがスッキリと、均整のとれた肉体を丸裸にされて一匹の美しい野獣のように檻の中に入れられている。

彼はふさふさとした頭髪を、両手でかきむしるようにして、檻の中をイライラと歩き廻っていたが、黒衣婦人の姿を見つけると、動物園の猿のように、鉄棒をゆすぶりながら、大声にわめき出すのであった。

「待て！　毒婦！　貴様は俺を気違いにしてしまう気か。いっそ早く殺してくれ。俺はもう一日も檻の中なんぞで、生きていたくはないんだ。コラ、ここを開けろ。開けてくれ……」

彼は白い腕を鉄棒の間からニュッと突き出して、女賊の黒衣をつかもうとした。

「まあ、そんなに怒るもんじゃないわ。美しい顔が台なしじゃないの。ええ、お望み通り、今にやがて、息の根をとめて上げますわ。そして、このあいだまでこの檻の中に同居していたK子さんと同じように、永遠に年をとらないお人形さんにこしらえて上げますわ。ホホホホホ」

黒衣婦人が残酷に嘲笑した。

「え、なんだって？　K子さんが人形になったたって？　畜生め、それじゃ、とうとうあの人を殺したんだな。そして剝製人形にしたんだな。……だれが、だれが人形なんぞになるもんか。俺は貴様のおもちゃじゃないんだ。ちっとでもおれに近づいて見ろ。どいつこいつの容赦はない、片ッぱしからかみ殺してやるぞ。喉笛に嚙みついて息の根をとめてやるぞ」

「ホホホホホ、まあ今のうちに、せいぜいあばれておくといいわ。お人形にされちまったら、石のように動けなくなるんだから。それに、あたしは、そうして美しい男の子のあばれているのを見るのが、この上もない楽しみなのよ。ホホホホホ」

黒衣婦人は、青年の苦悶を享楽しながら、さらに新しい恐怖に説き進んだ。

「あんた、K子さんがいなくなって、さびしいでしょう。どこの動物園へ行って見ても、猛獣の檻には大てい牡《おす》と牝《めす》とがお揃いでいるものだわ。あたし、もう先《せん》から、あんたにお嫁さんをお世話しなけりゃと思って、いろいろ心がけていたのよ。そして、今日やっと、その花嫁さんをお連れ申したってわけなの。ごらんなさい。美しいお嫁さんでしょう。どう？　お気に召さなくって？」

早苗さんはそれを聞くと、ゾーッと悪寒を感じて、顎のあたりがガクガクふるえるのをどうすることも出来なかった。

今こそ、黒蜥蜴の邪悪なたくらみの全貌が明らかになった。女賊は、美しい早苗さんをまる裸にして、この檻の中へ投げこむために、それから、頃を見て、彼女の生皮を剝ぎ、恐ろしい剝製人形として、悪魔の美術館を飾るために、あれほどの苦心をして、彼女を誘拐して来たのだ。

「あら、早苗さん、どうなすったの？　ふるえているんじゃないの？　葦《あし》の葉のようにふるえているわね。わかって、あなたの役割が。でも、このお婿さん、まんざらでもないでしょう。それともお気に召さないの？　お気に召しても召さなくても、あたしは、もうちゃんと、そういうことにきめてしまったんだから、我慢してね」

早苗さんは、あまりの不気味さ恐ろしさに、もう口をきく気力もなかった。立っているのがやっとだった。頭の中がスーッとからっぽになって、フラフラとくずれそうであった。

大水槽

「早苗さん、まだお見せするものがあるのよ。さアこちらへいらっしゃい。今度は、動物園ではなくて、水族館よ。あたしの自慢の水族館なのよ」

黒蜥蜴は、ふるえおののく早苗さんを、手を取って引き立てながら、また次の角を曲った。

そこは、長い地下道の行きづまりになっていて、その奥にガラス張りの大水槽がすえてある。水槽のま上に、非常に明るい電燈がとりつけてあるので、正面の厚いガラス板をとおして、水の中の模様が、手に取るように眺められた。

水槽は間口、奥行、深さ、ともに一間ほどもあって、その底には、異様な海草が、無数の蛇のように、もつれ合ってゆらめいている。

だが、これがどうして水族館なのであろう。その海草のほかは、魚類の影さえ見えないではないか。

「お魚がいないでしょう。でも、不思議がることはないわ。あたしの動物園には、けだものなんていなかったのですもの。水族館にお魚がいないからって、ちっともおかしいことはありゃしないわ」

黒衣婦人は薄笑いをして、また恐ろしい雄弁をふるいはじめた。

「この中へ、やっぱり人間を入れて遊ぶのよ。お魚なんかよりは、どのくらいおもしろいかも知れやしないわ。檻の中で昂奮している人間も美しいけれど、この水の中へ投げこまれて、もがき廻る人間の姿が、どんなにすばらしいでしょう。早苗さんは、ステージ・ダンスの美しさを御存じでしょう。でも、あれは足を床から離せないという制限があるわね。ところが、水中ダンスには、そんな不自由なんかありゃしない。足も手も宙に浮かせて、身体のあらゆる部分を見せて、思う存分もがき廻れるんですもの。そのダンサアが、例えば、早苗さんみたいに美しい人だったら、どんなにすてきでしょう。

マア、想像してごらんなさい。苦悶の水中ダンス。あなたは苦悶の美しさというものが分って？　苦しみもがく人間の表情、姿態、これ程美しいものはないと思うわ。このガラス箱の中へ、丸裸の美しい娘さんが、ドブンと抛《ほう》り込まれるのよ。すると、あの蛇みたいな海藻が、鎌首を揃えて歓迎の意を表する。娘さんの白い身体のまわりから、幾百幾千という真珠の様な泡が、美しく立ち昇る。

やがて、娘さんは苦しみ始めるのよ。両手と両脚とが、残虐のリズムで以て、別々の奇妙な生物《いきもの》みたいに、ピチピチとはね廻る。お腹が美しい脈動を始める、身体中の方々の丸い部分が、青白くて滑《すべ》っこい果物の様に顫動《せんどう》する。それから、娘さんの顔だわ。アア、若い娘さんの死もの狂いの苦悶の表情が、どんなにすばらしいか」

黒衣婦人は、目の前にその美しい光景が演じられているかの如く、うっとりと、夢見る様なまなざしになって、彼女の幻想の詩を歌っているのだ。

聞く早苗さんも、いつしかつり込まれて、彼女自身、水中に苦悶する裸女ででもあるかの如く、黒蜥蜴の一語一語に、或は眉をしかめ、息を早め、或は両手を宙に浮かせ、上半身をくねらせて、無意識に苦悶の仕草をしているのであった。

「ある瞬間、その娘さんの顔が、前のガラス板にピッタリと喰い着いて、映画の大写しみたいになるんだわ。どんな細かい皺《しわ》までも分る程、大きく大きく写るのだわ。マア、ごらんなさい。グッとしかめられた両の眉、飛び出す程見開いた目、恐怖そのもののような二つの眼。それから、あの口はどうでしょう。美しい白い歯が、むき出しになって、唇が悩ましい断末魔の曲線を描いて震えているわ。舌が一匹の生物のようにはね廻って、喉の奥の奥まで、すっかり見通しだわ。

「息する度毎に、その喉の中へ、夥しい水がスーッ、スーッと流れ込んで行く。すると、娘さんは、両のお乳を摑みつぶさんばかりにして、身悶えをして、苦しがるのよ。苦しがるのよ。マア、すばらしいとは思わない。なんて美しい芝居でしょう。どんな名画だって、どんな彫刻だって、それから、どんな舞踊の天才だって、これ程の美を表現したことがあったでしょうか。命と引替えの芸術だわ……」

だが、早苗さんはもう、この奇怪な雄弁を聞いてはいなかった。そんなには息がつづかなかったのだ。彼女は幻想の中で、おびただしい水を呑んだ。もがけるだけもがいた。そして、とうとう力がつきてしまったのだ。身にあまる恐怖と苦悶とが、ついに彼女を失神させてしまったのだ。

黒衣婦人がふと気づいて彼女を支えようと両手をさし出した時には、早苗さんはもう、くらげのようにクナクナとそこのコンクリートの床の上に、くず折れてしまっていた。

白い獣

それがどのくらいの間であったかはっきりわからないけれど、やがて、ふと正気づいて目を開いて見ると、早苗さんは、先ず第一に、身体じゅうが直接空気にさらされているような感じがした。さわってみてもどこもかもスベスベしていて、なんの引っかかるものもない。つまり彼女はまっ裸にされてそこに横たわっていたのだ。

ヒョイと気がつくと、目の前に太い鉄の棒が何本も何本も縞のように立っている。ああ、わかった。ここは檻の中なのだ。彼女は気を失っている間に、檻の中へ入れられてしまったのだ。

あの檻にちがいない。気を失う前に見せられた、あの若い男のとじこめてあった檻にちがいない。では、ここには彼女一人ではないのだ。若い美しい男が、彼もまたまっ裸にされて、どこかそのへんにいるはずだ。

早苗さんは、そこまで思い出すと、顔を上げて、あたりを見廻す勇気が失せてしまった。ああ、どうすればいいのだ。彼女は身に一糸もまとってはいないのだ。その恥かしい有様で、若くて美しい、そのうえ裸の男の前に横たわっているのだ。

彼女は赤くなるどころか、もうまっ青になって、サッと身を起こすと、くくり猿みたいにちぢこまって、隅っこの方へあとずさりをして行った。そして、目をそらすようにそらすようにしていても、なにぶん狭い檻の中だ。自然に眼界にはいって来るのを防ぐわけにはいかない。彼女はとうとうそれを見てしまった。まっ裸の男を見てしまった。

エデンの園のアダムとイヴみたいな二人が、地底の牢獄で、今目と目を見かわしたのだ。どうすればいいのだ。何をいえばいいのだ。恥かしさの極《きわみ》、早苗さんの両眼には子供のような涙が一ぱいあふれていた。その涙のギラギラする後光が男の白い身体を包んで、チロチロといびつにかがやいている。

「お嬢さん、ご気分はどうですか?」

突如として、朗々としたバスの声が響いた。青年が物をいっているのだ。

早苗さんは、ハッとして、涙をはらうために目をしばたたいて青年の顔を眺めた。すぐ目の前に、油で拭いたようになめらかな白い顔があった。高くて広い額、ふさふさとした黒髪、二重瞼《ふたえまぶた》のすき通るような目、ギリシャ型の高い鼻、赤くて引きしまった唇。その青年が美男であればあるだけ、しかし、早苗さんは恐ろしかった。

黒蜥蜴は彼女をこの青年の花嫁になぞらえたではないか。青年はそういうつもりでいるのではないかしら。と考えると、その相手が、そして、自分までが、けだもののようにまっ裸で、逃げようにも逃げられぬ檻の中に、とじこめられている有様を、身体じゅうの血の気が失せるほどあさましいことに思わないではいられなかった。

「いや、お嬢さん、決してご心配なさることはありません。僕はこんなふうをしていても野蛮人じゃないのですから」

青年は云いにくそうに、どもりながらそんなことをいった。彼の方でもひどく恥かしがっているのだ。早苗さんはそれを聞いて、ホッと胸をなでおろす気持だった。

やがて、彼らは、だんだんお互いの気心がわかっていくにつれて、身の上話を始めたり、女賊の気違いめいた所業を呪ったり、よそ目には仲のよい雌雄の白い動物でもあるように寄りそって、ヒソヒソ話をつづけるのであった。

そうしている間に、いつか夜が明けたと見えて、穴蔵の底にも、人のざわめく気配が感じられ、やがて、黒蜥蜴の部下の荒くれ男どもが、つながるようにして、檻の中の新来の客を見物に押しよせ始めた。

早苗さんが、この不作法な見物たちに、どのような恥かしい思いをさせられたか、青年がいかに野獣のように怒号したか、賊の男どもがどんな烈しい侮辱の言葉を口にしたか、それは読者諸君のご想像にまかせるとして、そうして地下室に泊った四五人の部下のものが、ガヤガヤやっているところへ、例のモールス信号みたいな合図の音がかすかに聞こえて、やがて一人の船員風の男が、何かただならぬ気色《けしき》で穴蔵の中へはいって来た。

人形異変

その船員風の男は黒蜥蜴の部下のうち、沖の汽船の中に寝泊りをしている一人であったが、彼は地下道の奥にある首領黒蜥蜴の私室の前に近づくと、やっぱり暗号めいた叩き方で、そこのドアをノックした。

「おはいり」

女賊の権威を以て、荒くれ男ばかりの中にいても、ドアに鍵をかけるなんて不見識なことはしない。夜中であろうが何時であろうが、「おはいり」の一とことで、ドアはいつでも開くようになっている。

「まあ、どうしたのさ、朝っぱらから。まだ六時じゃないの？」

黒蜥蜴は白いベッドの上に、白絹のパジャマ一枚で、不行儀《ふぎょうぎ》な腹ばいになったまま、はいって来た男を横目で見ながら、巻煙草に火をつける。ムクムクと豊かな肉が、すべっこい白絹の表にまる出しだ。お頭がそういう恰好でいる時ほど、部下の男どもが困ることはない。

「ちょっと、へんなことがあったんです。だもんだから、急いでお知らせに来たんですが」

男はなるべくベッドの方を見ないようにしながら、モジモジしていった。

「へんなことって、何？」

「船の火夫をやらせてある松公《まつこう》ですね。あいつが、昨夜のうちにいなくなっちゃったんです。船じゅう探して見ましたけれど、どこにもいねえ。まさかズラカルはずはねえんだから、もしや、陸《おか》で捕まったんじゃないかと思いましてね。それが心配だものだから」

「フーン、じゃ松公を上陸させたのかい」

「いや、決してそうじゃねえんで。ゆうべ一度船へ帰った潤ちゃんが、もう一度こちらへもどって来たでしょう。その時のボートの漕手《こぎて》の中に、松公がまじっていたんですが、ボートが本船へ帰って見ると松公だけいねえんです。みんなの思い違いじゃないかと船じゅうを探した上、こっちへ来てたずねてみると、松公なんか来ていねえというじゃありませんか。奴はどっかそのへんの町をウロウロしてて、お巡りにでもとっ捕まったんじゃねえでしょうか」

「そいつは困ったねえ。松公はいやに薄のろで、これという役に立たないもんだから、火夫なんかやらせておいたんだが、あいつのこった、捕まりでもしたら、どうせヘマをいうにきまっているわねえ」

黒蜥蜴も、思わずベッドの上に起きなおって、眉をしかめながら、取るべき処置を考えたのであるが、ちょうどそうしているところへ、又してもへんてこな知らせが飛びこんで来た。

突然ドアが開いて、三人の部下が顔を出すと、一人が早口にしゃべり立てた。

「マダム、ちょっと来てごらんなさい。へんなことがあるんだから。人形がね、着物を着てるんですぜ。それから、身体じゅうが宝石で以て、ギラギラ光りかがやいているんですぜ。一体だれがあんなふざけた真似をしやがったんだと、仲間しらべをしてみたんですが、だあれも知らねえっていうんです。まさかマダムじゃねえでしょうね」

「ほんとうかい」

「ほんとうですとも、潤ちゃんなんか、びっくりしちゃって、まだボンヤリとあすこに立っているくらいです」

　何かしら想像も出来ないへんなことが起こっているのだ。松公の行方不明とこれとの間に、どんな関係があるのか知らぬが、時も時、二つの事変が同じように起こるとは。地底王国の女王も、もう落ちついてはいられなかった。彼女は一同を外に出しておいて、手早くいつもの黒ずくめの洋装になって、剝製人形陳列の現場へ急いだ。

　行って見ると、いかにも狐にでもつままれたような、へんてこな事が起こっていた。仁王立ちの黒人青年が、ルンペンみたいなカーキ服を着て、その胸に例の大宝石「エジプトの星」を、まるで功一級の勲章のように得意然と光らせているかと思うと、膝の上に頰杖をついた金髪娘が、日本娘の袂の長い着物を着て、両の手首と足首とに、ダイヤの胸飾り、真珠の首飾りを、手かせ足かせの形ではめてすましている。寝そべった日本娘は、(注12)胴中《どうなか》に古毛布を巻きつけて、ふさふさとした黒髪の上から、さまざまの宝石を瓔珞《ようらく》みたいに下げて、ニヤニヤ笑っているかと思うと、円盤投げの日本青年はまっ黒によごれたメリヤスのシャツを着て、これも宝石の首飾り、腕環をはめて、光りかがやいているといったあんばいなのだ。

黒衣婦人は、そこに立っていた雨宮青年と顔を見合わせたまま、急には言葉も出ないほどびっくりしてしまった。

これはまあなんという人を喰ったいたずらだろう。剝製人形の奇妙な衣裳の袂の長い着物は、早苗さんが昨夜まで着ていたもの、そのほかのは、みな彼女の部下の男たちの持ち物であった。寝室の戸棚の中や行李《こうり》にしまってあったのを、何者かが取り出して、人形に着せたのだ。それから宝石類は、むろん宝石陳列室のガラス箱の中から持って来たもので、そこのガラス箱は、ほとんど空っぽになっているという始末だった。

「だれがこんなばかばかしい真似したんでしょう」

「それがまるで分らないのですよ。今ここには、男は僕のほかに五人きゃいないんですが、みんな信用のおける奴ばかりですからね。一人一人聞いて見たんだけれど、だれも全くおぼえがないというんです」

「入り口の寝ずの番は大丈夫だったの？」

「ええ、へんなことは少しもなかったそうです。それに、仲間以外のものがはいろうとしたって、あすこの揚げ蓋は中からでなきゃ、開かないんですからね。いたずら者が外部から侵入することは、まったく不可能ですよ」

そんなことをボツボツささやき合ったあと、二人は、また黙って顔を見合わせていたが、やがて、黒衣婦人はふと気づいたように、「アッ、そうかも知れない」とつぶやきながら、顔色を変えてあの人間檻の前へ走って行った。だが、その檻の小さな出入り口を調べて見ても、別に錠前をこわした跡もない。

「君たち、ここをどうかしたんじゃないのかい。ほんとうのことをいってくれたまえね。あんないたずらしたの、君たちなんだろう」

黒衣婦人が、かん高い声で呼びかけた。そこには檻の中のアダムとイヴとが、仲よく向かい合って、何かしきりとささやき交わしていたのだが、突然女賊の襲来に遭って、たちまちそれぞれの身構えをした。早苗さんは隅っこの方で、またくくり猿の形になるし、青年はやにわに立ち上がって、拳を振りながら黒衣婦人の方へ近づいて行く。

「なぜ、返事をしないの。お前だろう、人形に着物を着せたのは」

「ばかなことをいえ、俺は檻の中にとじこめられているんじゃないか。貴様は気でも違ったのか」

青年が満身に怒気をふくんで呶鳴り返した。

「ホホホホホ、まだいばっているのね。君でなけりゃそれでいいのよ。僕の方にも考えがあるんだから。時に、そのお嫁さんお気に召したかい」

黒衣婦人はなぜか別のことを云い出した。青年がだまっているので、再びいう。

「お気に召したかって聞いているのよ」

青年は隅っこの早苗さんと、チラッと目をかわしたが、「ウン、気に入った。気に入ったから、この人だけは、俺が保護するんだ。貴様なんかに指一本だって差させはしないぞ」

と叫んだ。

「ホホホホホ、多分そんなことだろうと思った。それじゃせいぜい保護してやるがいい」

黒衣婦人はあざ笑いながら、ちょうどそこへやって来た職工服の雨宮青年を振り返った。

「潤ちゃん、あの娘さんを引きずり出してね、タンクへぶちこんでおしまい」

烈しく命じて、檻の鍵を青年に手渡しした。

「少し早過ぎやしませんか。まだ一と晩たったきりですぜ」

雨宮青年は顔一ぱいのモジャモジャのつけ髭の中から、目をみはって聞き返した。

「いいのよ。あたしの気まぐれは今始まったことじゃない、すぐやッつけておしまい。……いいかい、あたしは部屋で食事をしているからね。その間にちゃんと用意をしておくのよ。それから、あの宝石なんかを、陳列箱へ元通り返しておくように云いつけといて下さい。頼んでよ」

黒衣婦人はそう云い捨てたまま、振り向きもしないで、自分の部屋へ引き上げて行った。

彼女は激怒していたのだ。えたいの知れぬ人形の異変が彼女を極度に不快にした上に、いままた、檻の中の男女がさもむつまじく話し合っている有様を見せつけられて、かんしゃくが破裂したのだ。

女賊は決して、早苗さんをほんとうにお嫁入りさせるつもりはなかった。ただ、彼女を怖がらせ恥かしめ、おびえ悲しむ様子を見て楽しもうとしたのだ。それが全く当てがはずれて、男は身を以て早苗さんを守ろうとし、早苗さんは早苗さんで、それをさも嬉しげに、感謝にたえぬまなざしで見ていたではないか。黒衣婦人が、嫉妬《しっと》にも似たはげしい不快を感じたのは無理ではなかった。

難儀《なんぎ》な仕事をおおせつかった潤一青年は、迷惑らしく、しばらくためらっていたが、やがて仕方なく檻の出入口に近づいて行った。

「貴様、この娘さんをどうしようというのだ」

檻の中の青年は、恐ろしい形相で呶鳴りながら、はいって来たらつかみ殺すぞといわぬばかりの身構えで、入り口の前に立ちはだかった。だが、さすがは拳闘青年、雨宮は別に恐れる様子もなく、錠前の鍵を入れてガチャガチャいわせたかと思うと、サッと戸を開いて檻の中へ飛びこんでいった。

髭モジャの職工服と、全裸の美青年とが、互いの腕をつかみ合いながら、恐ろしい権幕《けんまく》でにらみ合った。

「どっこい、そうはいかぬぞ。俺が生きてる間は、娘さんに指も差させない。連れ出せるものなら連れ出してみろ。だが、その前に、貴様しめ殺されない用心をするがいい」

青年の死にもの狂いの両腕が、雨宮潤一の首へ、気味わるくからんで来た。すると、不思議なことに、雨宮はいっこう抵抗する様子もなく、腕をからまれたま ま、首をグッと前へ突き出して青年の耳元へ口を持って行ったかと思うと、何かしらヒソヒソとささやき始めた。

青年は、最初の間は、首を振って聞こうともしなかったが、やがて、彼の顔になんともいえぬ驚きの色が浮かんで来た。それと同時に、彼はうって変ったようにおとなしくなり、相手の首に巻きつけていた両腕を、ダラリとたれてしまった。

離魂病

雨宮潤一は、檻の中の青年を、一体どんな口実でだましおおせたのか、それからしばらくすると、気を失ったようにグッタリとした全裸の乙女を、小脇にかかえて、例のガラス張りの大水槽の前へやって来た。水槽の横に垂直の梯子がかかっている。彼は早苗さんを抱いたままそれを登って、上部の足だまりに立つと、鉄板で出来た水槽の蓋を開いて彼女の身体を水中へ投げこんだ。それから、蓋を元通り閉めて、梯子を降り、黒蜥蜴の私室のドアを細目に開いてそのすき間から、声をかけた。

「マダム、お命じの通り運びましたよ。早苗さんは今、タンクの中で泳いでいる最中ですぜ。早く見てやって下さい」

それから彼は職工服のポケットから、小さくたたんだ一枚の新聞紙を取り出すと、それをひろげ、タンクの横の椅子の上へソッと置いて、なぜか急ぎ足で、廊下の向こうへ立ち去って行った。

それと行きちがいに、ドアが開いて黒衣婦人が現われ、ツカツカと水槽の前に近づいて行った。

水槽の蒼味《あおみ》がかった水は、ガラス板の向こう側で、ひどく動揺していた。底には大小さまざまの海藻が無数の蛇のように鎌首をもたげて、あわただしくゆれ動いていた。そして、その中を泳ぎもがく裸女の姿……前夜早苗さんが幻想した光景が、そっくりそのまま実現したのであった。

黒衣婦人の両眼は残虐にかがやき、青ざめた頰は昂奮のために異様にふるえて、両のこぶしをかたくにぎりしめ、歯を喰いしばりながら、水槽に見入っていたが、彼女はふと、裸女の様子がいつものように活溌でないことに気づいた。活溌でないどころか、実はもがきもなんにもしていないのだ。そんなふうに見えたのは、動揺する水のためで、娘の白い身体は、ただ水のまにまにゆらめいていたに過ぎないことがわかって来た。

気の弱い早苗さんは、水槽にはいる前に、すでに失神していたので、水中の苦悶を味わわなくてすんだのであろうか。だが、どうもそれだけではないらしい。見ていると、水中の娘の身体が徐々に廻転して、今まで向こう側にあった顔が、正面のガラス板に現われた。おや、これが早苗さんの顔だろうか。いやいや、いくら水の中だといって、こんな相好に変るはずはない。ああ、わかった、わかった。これは早苗さんではなくて、あの人形陳列所に飾ってあった剝製の日本娘ではないか。だが一体全体どうしてこんな間違いが起こったのであろう。

「だれか、だれかいないかい。潤ちゃんはどこへ行ったの」

黒衣婦人はわれを忘れて大声に叫び立てた。すると、部下の男たちが、剝製人形陳列所の方から、ドヤドヤとやって来たが、彼らの方にも何か異変があったのか、一同顔色《がんしょく》が変っている。

「マダム、またへんなことがおっぱじまったのですよ。人形が一人足りねえんだ。さっき着物を脱がせたり、宝石をかたづけたりした時にはちゃんとあったんですが、今見ると、ほら、あの寝そべっている娘さんね。あれが一人だけ行方不明なんです」

一人の男が、あわただしく報告した。だが、それは黒衣婦人の方では先刻承知のことであった。

「お前たち、檻の中を見なかった？　早苗さんはまだ檻の中にいたかい」

「いいえ、男一人っきりですぜ。早苗さんといや、潤ちゃんがそのタンクの中へほうりこんだんじゃありませんかい」

「ああ、ほうりこんだにはほうりこんだけれど、早苗さんでなくて、よくごらん、お前たちが探している剝製人形なんだよ」

そういわれて男たちは水槽をのぞきこんだが、いかにもその中に浮いているのは、紛失した剝製人形に相違なかった。

「はアてね、こいつあ面妖《めんよう》だわい。だれが一体こんな真似をしたんですい」

「潤ちゃんよ。お前たち潤ちゃんを見かけなかったかい。今ここにいたばかりなんだが」

「見かけませんでしたよ。先生今日はなんだかひどく怒りっぽいんですぜ。僕たちを何か邪魔者みたいに、あっちへ行けあっちへ行けって、追いまくるんですからね」

「フーン、それは妙ね。でもどこへ行ったんでしょう。外へ出るはずはないんだから、お前たちよく探してごらん。そして、いたらすぐ来るようにってね」

男たちが、引き下がって行くと、黒衣婦人は何か不安らしく、じっと空《くう》を見つめて考えごとをしていた。

一体これはどうしたことであろう。汽船の火夫が行方不明になってしまった。それから、剝製人形の異変が起こった。今はまた、早苗さんであるべきはずの娘が、剝製人形に早変りしてしまった。これらの奇妙な出来事の間に何か聯絡《れんらく》があるのではないかしら。偶然の一致とも思われぬ節が見えるではないか。

何かしら人力以上の恐ろしい力が働いているような気がする。それは一体なんであろう。……ああ、もしかしたら。いやいや、そんなばかなことがあってたまるものか。

断じて、断じて、そんなことはありゃあしない。

黒衣婦人は心中に湧き上がって来る大きな化物みたいなものを、押さえつけるのに一所懸命だった。さすがの女賊も、身体じゅうに冷たい脂汗がしっとりと浮かんで来るほどの恐ろしい不安になやまされていた。

やがて、彼女はそこにあった椅子に腰かけようとして、ヒョイとその上の新聞に気がついた。さいぜん雨宮潤一が何か意味ありげにひろげておいた新聞である。

初めは何気なく、やがて非常に真剣な表情になって、黒衣婦人の目が、その新聞記事に吸い寄せられていった。

「明智名探偵の勝利――岩瀬早苗嬢無事に帰る――宝石王一家の喜び――」

三段抜きの大見出しが、信じがたい意味をもって女賊を捉えたのだ。彼女は大急ぎで新聞を拾い取ると、その椅子にかけて熱心に読み始めた。記事の内容は大略左のごときものであった。

「怪賊黒蜥蜴のために誘拐されたと信じられていた宝石王岩瀬氏の愛嬢早苗さんが、昨七日午後岩瀬家の本邸に帰宅した。探聞するところによると、岩瀬氏は令嬢の身代りとして大宝玉『エジプトの星』を賊に与えた模様であるから賊は約束を守って令嬢を送り返したのであろうか。記者はそのように考えて岩瀬庄兵衛氏と早苗嬢に面会したのだが、両人ともこれは全く私立探偵明智小五郎氏の尽力によるものであって、決して賊が約束を守ったわけではない。しかし、くわしいことは今申しあげかねる事情があるから、深く尋ねないでくれとの意外な言葉であった。怪賊黒蜥蜴は一体どこに姿をひそめているのであろうか。問題の明智探偵は、単身黒蜥蜴の後を追って、今のところ行方不明のよしであるが、名探偵と怪盗との一騎うちは果していずれの勝利となるであろうか。名玉『エジプトの星』は再び岩瀬氏の手にもどるか否か。我等は限りなき不安を以て次の報知を待つものである」

そして「喜びの親子」と題する大きな写真版がかかげられ、岩瀬氏と早苗さんとが、応接室の椅子にもたれて、ニコニコ笑っている顔が、明瞭に印刷されていた。

この信じがたい、まるで怪談のような新聞記事を読み、写真を見ると、さすがの女賊も、めったに見せたことのない驚きの色を、その美しい顔に現わさないではいられなかった。驚きというよりは、なんとも形容の出来ない恐怖であった。それは昨日の日附《ひづけ》の大阪の大新聞であったが、記事中に「昨七日」とあるのは、ちょうど前々日、黒蜥蜴の汽船が大阪湾を航海していた時にあたる。その日、早苗さんは、ちゃんと船の中にいたのだ。いや、その日ばかりではない。昨日も今日も、つい今しがたまで檻の中にまっぱだかでふるえていたではないか。

これは一体どうしたことなのだ。まさかあれほどの大新聞が、間違った記事をのせるはずはない。いや、何よりも確かなのは写真である。船の中にとらわれていたはずの早苗さんが、同じその日に、一方では大阪郊外の岩瀬邸でニコニコ笑ってすわっているなんて、こんなへんてこなことがあり得るだろうか。

聡明な黒衣婦人にも、この奇々怪々な謎だけは、どうにも解くすべがなかった。彼女は今、生まれて初めての、なんともえたいの知れぬ恐怖にうちのめされて、顔は死人のように青ざめ、額には脂汗の玉が無残ににじみ出ていた。

「離魂病」という妙な言葉が、ふと彼女の頭に浮かんだ。一人の人間が二人になって、別々の行動をするという、不可能な云い伝えである。大昔の草子《そうし》類でも読んだことがある。外国の心霊学雑誌でも見たことがある。心霊現象などを全く信じない現実家肌の黒衣婦人ではあったが、今はその信じがたいものを信じでもするほかに、考えようがないのである。

そうしているところへ、雨宮青年を探しに行った男たちがドヤドヤ帰って来て、どこを探しても潤ちゃんの姿が見えないと報告した。

「今、入口の番をしているのはだれなの」

黒衣婦人は力ない声で尋ねた。

「北村ですよ、だれも通らないっていうんです。あの男にかぎって間違いはありませんからね」

「じゃ、この中にいるはずじゃないか。まさか、煙みたいに消えてなくなるはずはありやしない。もう一度よく探してごらん。それから、早苗さんもよ。このタンクの中のがそうじゃないとすると、あの娘もどこかに隠れているはずなんだから」

男たちは、首領の青ざめた顔を、不審らしくジロジロと眺めていたが、また不承不《ふしょうぶ》承《しょう》に、廊下の向こうへと引き返して行こうとした。

「ああ、ちょっとお待ち。お前たちのうち二人だけ残ってね、このタンクの中の人形を取り出しておくれ。念のためによくしらべてみたいんだから」

そこで、二人の男が残って、梯子を登って、大水槽の中から、剝製人形を抱きおろし、床の上に長々と横たえたのであるが、そのグッタリとなった人形を、いくら念入りにしらべて見ても、早苗さんでないことはいうまでもなく、恐ろしい謎を解く手がかりなどは、どこにもないのであった。

黒衣婦人は、イライラとそのへんを歩き廻っていたが、また元の椅子に腰かけて、もう一度新聞記事を読みはじめた。何度読んでも同じことだ。早苗さんは二人になったのだ。写真の顔も早苗さんに間違いはない。

そうしていると、突然、彼女の椅子のうしろで、マダムと呼ぶ声がした。

黒衣婦人はギョッとしてふり返ったが、そこに立っている男を見ると、

「まあ、潤ちゃん、お前どこへ行っていたの」

と叱るようにいった。

「そして、この始末は一体どうしたっていうのよ。早苗さんのかわりにこんな人形をほうりこんでおくなんて、いたずらも大概にするがいいじゃないか」

だが雨宮青年は、だまって突っ立ったまま、何も答えなかった。じらすようにニヤニヤ笑いながら、いつまでも、黒衣婦人の顔を眺めていた。

二人になった男

「なぜだまってるの？　何かあるんだわね。人が違ったようだ。どうしたの？　それともあたしに反抗しようとでもいうわけなの？」

潤一青年の態度があまりふてぶてしいものだから、黒衣婦人は思わずかん高い声を立てた。そうでなくても、さいぜんからの数々の怪異に、無性にいらだたしくなっていた矢先なのだから。

「早苗さんはどこにいるの？　それとも、お前知らないとでもいうのかい」

「そうです。僕はちっとも知らないのですよ。檻の中にでもいるんじゃありませんか」

やっと潤ちゃんが答えた。だがなんという不愛想な口のきき方であろう。

「檻の中って、お前が檻の中から出したんじゃないの」

「そこがどうもよくわからないのですよ。一度調べてみましょう」

潤一青年はそう云い捨てて、ノコノコ歩き出した。ほんとうに檻の中を調べてみるつもりらしい。この男は気でも違ったのかしら。それとも、何か別のわけでもあるのかしら。黒衣婦人は妙に気がかりになって、潤ちゃんの挙動を監視しながら、そのあとについて行った。

人間檻の鉄格子の前に行って見ると、出入り口の鍵が差したままになっている。

「お前、今日はほんとうにどうかしているわね。鍵をそのままにしておくなんて」

つぶやきながら、薄暗い檻の中をのぞきこんだ。

「やっぱり、早苗さんはいやしないじゃないか」

向こうの隅っこに、裸体の男が一人うずくまっているばかりだ。どうしたのか、今日はひどく元気のない様子で、グッタリとうなだれている。それとも眠っているのかしら。

「あいつに聞いてみましょう」

潤ちゃんは、ひとり言のようにいって、鉄格子を開くと、檻の中へはいって行った。どうも、することがすべて常軌《じょうき》を逸《いっ》している。

「おい、香川《かがわ》さん、お前早苗さんを知らないかね」

香川というのは、檻に入れられていた美青年の名だ。

「おい、おい、香川さん、寝ているのかい。ちょっと起きてくれよ」

いくら呼んでも返事しないので、潤一青年は香川美青年の裸体の肩に手をかけて、グイグイと揺り動かした。だが、相手の身体は無抵抗にゆれるばかりで、少しも手ごたえがない。

「マダム、へんですぜ。こいつ死んじまったんじゃないかしらん」

黒衣婦人はただならぬ予感に慄然《りつぜん》とした。一体何事が起ったというのだ。

「まさか自殺したんじゃあるまいね」

彼女は檻の中へはいって、香川青年のそばへ近づいて行った。

「顔を上げて見せてごらん」

「こうですかい」

潤ちゃんが、美青年の顎に手をかけて、うなだれていた顔をグイと上げた。

「ああ、その顔!」

さすがの女賊黒蜥蜴も「アッ」と悲鳴を上げて、よろよろとあとずさりをしないではいられなかった。悪夢だ。夢にうなされているとしか考えられない。

そこにうずくまっていた男は、香川美青年ではなかったのだ。実に意外なことには、ここにもまた、解しがたき人間の入れかえが行われていた。では、その裸体男は一体何者であったか。

黒衣婦人は、狂気の不安におののいた。一つのものが二つに見えるという精神病があるならば、彼女はその恐ろしい病気に取りつかれていたのかも知れない。

潤一青年が、顎を持ってグイとあお向けているその男の顔は、やっぱり潤一青年であった。潤ちゃんが二人になったのだ。まっぱだかの潤ちゃんと、職工服を着てつけ髭をした潤ちゃんと。架空に目に見えぬ大鏡が現われて、一人の姿を二つに見せているとでも考えるほかはなかった。だが、どちらが本体、どちらがその影なのであろうか。

さいぜんは早苗さんが二人になった。それは新聞の写真であったけれども、今度は実物なのだ。しかも、その二人の潤ちゃんが、目の前に顔を並べているではないか。

そんなばかばかしいことが現実に起るはずがなかった。そこに大きなトリックがかくれているのだ。だが、そんな途方もないトリックを、一体だれが考えついたのか。そしてなんのために……。

憎らしいことには、髭もじゃの方の潤ちゃんが、あっけに取られた黒衣婦人を嘲笑するように、お化けみたいに笑っている。何を笑うのだ。彼こそ驚かなければならないのではないか。それをまるで気違いかあほうみたいに、無神経にニヤニヤ笑っているとは。

潤一青年は笑いながら、またはげしく裸体の方の潤ちゃんをゆすぶりつづけた。すると、やがて、揺すぶられていた潤ちゃんが妙なうなり声を立てて、ポッカリと目を開いた。

「ああ、やっと気がついたな。しっかりしろ。お前こんなところで何をしていたんだ」

職工服の潤一青年がまたしても非常識な物の云い方をした。

裸体の方の潤ちゃんは、しばらくの間、何がなんだかわからない様子で、眠そうな目をしばたたいたが、ふと前に立っている黒衣婦人に気づくと、それが気つけ薬ででもあったように、ハッと正気に返った。

「ああ、マダム、僕はひどい目にあいましたよ。……ああ、こいつだ。この野郎だッ」

職工服の潤一青年を見るなり、彼は狂気のようにむしゃぶりついて行った。潤ちゃんがもう一人の潤ちゃんに組みついて、恐ろしい格闘を始めたのだ。

だが、この悪夢のような争いは長くは続かなかった。見る間に裸体の方が、コンクリートの床の上に叩きつけられてしまった。

「畜生め、畜生め、貴様俺に化けやがったな。マダム、油断しちゃいけません。こいつは恐ろしい謀反人《むほんにん》ですぜ。火夫の松公が化けているんだ。こいつは松公ですぜ」

投げつけられて平べったくなったまま、裸体の潤ちゃんがわめき散らした。

「おい、そこのお方、手をあげてもらおう。潤ちゃんの話を聞くあいだ、おとなしくしているんだ」

事態容易ならずと察した黒衣婦人は、すばやく用意のピストルをにぎって、職工姿の方の潤一青年にねらいを定めた。言葉はやさしいけれど、キラキラ光る眼色に決心のほどが現われている。

職工服はいわれるままに、おとなしく両手をあげたが、顔は相変らずニヤニヤ笑っている。薄気味のわるい男だ。

「さア、潤ちゃん話してごらん。一体これはどうしたわけなの?」

潤ちゃんはにわかに裸体を恥ずるがごとく、からだをちぢめながら、話し始めた。

「皆が昨夜ここへ着いてから、僕だけがもう一度本船へ帰ったのはご存じですね。あの時ですよ。本船の用事をすませて、ボートで上陸すると、いつの間にか、こいつが――火夫の松公が暗闇の中をノソノソついて来るじゃありませんか。僕は思いきり呶鳴りつけてやったんですが、すると、こいつめ、いきなり僕に飛びかかって来やあがった。

「ボンクラの松公があんなに強いとは思いもよらなかったですよ。この僕をひどい目にあわしやあがった。とうとう当身《あてみ》でもって気を失ってしまった。それから、どれほどたったか、ふと目をさますと、僕は手足を縛られて、まっぱだかにされて、ここの物置部屋にころがされていたんです。呶鳴ろうとしても、猿ぐつわがはめてあるので、どうにもならねえ。もがいていると、こいつが物置部屋へはいって来やあがった。見ると、ちゃんと僕の職工服を着ているんです。服ばかりじゃない、つけ髭までして、なんて変装のうまい奴でしょう。僕とそっくりの顔つきをしているじゃありませんか。

「ははア、こいつ俺に化けて何か一仕事たくらんでいるな。見かけによらない悪党だわい、と感づいたけれど、縛られていてどうにも出来ない。すると、こいつめ、もう少し我慢しろよとぬかして、また当身を喰わしやあがった。意気地のない話ですが、もう一度気を失っちまったんです。そして今やっと正気に返ったわけなんですよ。

「ヤイ松公、ざまあ見ろ。こうなったら貴様もう運のつきだぜ。今に思う存分仕返しをしてやるから、楽しみにして待っているがいい」

潤ちゃんの話を聞き終った黒衣婦人は、一方《ひとかた》ならぬ驚愕《きょうがく》を押しかくして、さも愉快らしく笑い出した。

「ホホホホホ、味をやるわね。松公がそんな隅におけない悪党とは知らなかった。ほめて上げるよ。するとさいぜんからのへんてこな出来事は、みんなお前の仕業だったのね。タンクの中へ人形をほうりこんだのも、剝製人形どもに妙な着物を着せたのも。だが、一体なんのためにあんな真似をしたんだい。かまわないからいってごらん。ねえ、ニヤニヤ笑ってないで返事をしたらどう?」

「返事をしなかったらどうするつもりだい?」

職工服の人物が、からかうようにいうのだ。

「いのちを貰《もら》うのさ。お前は、お前の御主人の気質をまだ知らないと見えるわね。御主人が、血を見ることが何よりも好物だってことをさ」

「つまり、そのピストルを、ぶッぱなすというわけなんだね。ハハハハハ」

傍若無人の高笑いだ。

見ると彼はいつの間にか、上げていた両手をおろして、無精らしく、パンツのポケットに押しこんでいた。

黒衣婦人は思いもよらぬ部下の侮辱にあって、ギリギリと歯がみをした。もう我慢ができなかった。

「笑ったね、じゃ、これを受けてごらん」

と、叫ぶようにいうかと思うと、いきなりピストルの狙いを定めて、グッと引金を引いた。

再び人形異変

職工服の男は、つまらない毒口をきいたばっかりに、ついに一命を失ったか。いやいや、決してそんなことは起らなかった。彼はやっぱりパンツのポケットに両手を突っこんだまま、さもおもしろそうに笑っていた。

引金は引かれたけれど「カチッ」という音がしたばかりで弾丸は発射されなかったのだ。

「おや、妙な音がしましたね。ピストルが狂っているのじゃありませんかい」

嘲笑されて、黒衣婦人はあわて出した。二発目、三発目と、ぶッつづけに引金を引いたが、やっぱり「カチッ」「カチッ」というはかない音がするばかりだ。

「畜生め、それじゃお前が弾丸《たま》を抜いておいたんだな」

「ハハハハハ、やっと合点がいきましたね。いかにも仰《おお》せの通り、ほら、これですよ」

彼は右手をポケットから出して、手の平をひろげて見せた。そこには小さい弾丸が幾つも、可愛らしいおはじきのようにのっかっていた。

ちょうどその時、檻の外にあわただしい足音がして、黒蜥蜴の部下の荒くれ男どもが駈けつけて来た。

「マダム、大へんだ。入り口の見張り番をしていた北村が縛られているんです」

「縛られた上に気絶しているんです」

さては、これも松公の仕業にちがいない。だがどうして北村だけを縛って、ほかの者をそのままにしておいたのだろう。これにも何か特別のわけがあるのかしら。

「おや、こいつは一体何者ですい？」

男どもは二人の潤一青年に気づいて、驚きの目を見はった。

「火夫の松公だよ。何もかもこの松公の仕業だってことがわかったのだよ。早くこいつを引っくくっておくれ」

黒衣婦人が援軍に力を得て、かん高い声をふりしぼった。

「なに、松公だって？　こん畜生、ふざけた真似をしやがったな」

男共はドカドカ檻の中へふみこんで、職工服の松公を捕えようとした。だが、なんというす早さであろう。松公はかさなり合って押し寄せて来る男どもの手の下を、ヒラリヒラリとくぐり抜けて、アッと思う間に檻の外に飛び出していた。そして、やっぱりニヤニヤ笑いながら、「ここまでお出《い》で」のかっこうで、手まねきをしながら、だんだんあとずさりをして行く。底の知れない不敵さである。

黒衣婦人と荒くれ男どもとは、引かれるように檻を出て、ジリジリとそのあとを追って行く。不気味な移動撮影。コンクリート壁の地下道を、逃げるものはあとずさり、追うものは正面を切って、憤怒《ふんぬ》の形相物凄く、毛むくじゃらの腕をボクサーのように構えながら、ノソノソとせまって行く。

やがて、この不思議な行列が、剝製人形陳列所の前にさしかかった時、職工服の松公は突然ピッタリと立ち止まってしまった。

「おい、君たち、なぜ北村が縛られていたか、その訳《わけ》を知っているかね」

彼はやっぱり、のん気そうに両手をポケットに入れたまま、薄気味のわるい質問を発した。

「ちょっとおどき、あたし、この人にたずねたいことがあるんだから」

黒衣婦人は何を思ったのか、男どもをかき分けるようにして、松公の目の前に近づいて行った。

「もしお前が松公だったら、それほどの人物を見そくなっていたことを、心からお詫びするよ。だがお前ほんとうに松公なの？　あたし考えれば考えるほど信じられない。あなたは松公やなんかじゃないでしょう。でなければ、そのうるさいつけ髭を取って下さい。早くその髭を取って下さい」

彼女はみじめにも、まるで嘆願するような口調であった。

「ハハハハ、髭なんか取らなくっても、君はもうちゃんと知っているのでしょう。知っているけれど、僕の名を云い当てるのが怖いのでしょう。その証拠に、君の顔色はまるで幽霊みたいに青ざめているじゃありませんか」

職工服ははたして松公ではなかった。言葉さえも、もはや盗賊の手下などのものではない。しかも、その声！　その歯切れのよい口調には、何かしら耳なれた響きがあったではないか。

黒衣婦人はあまりの激情に、身内がブルブルとふるえて来るのをどうすることも出来なかった。

「それじゃあ、あなたは……」

「遠慮することはない。何をためらっているのです。いってごらんなさい、その先を」

職工服はもう笑っていなかった。彼のからだ全体に、何かしら厳粛なものが感じられた。

黒衣婦人はジリジリと、腋の下を冷たいものが流れ落ちるのを覚えた。

「明智小五郎――あなたは明智さんでしょう」

ひと思いにいってのけ、ホッとした。

「そうです。君はそれを、ずっと前から気づいていたではありませんか。気づきながら、君の臆病がその考えを無理に押さえつけていたのです」

職工服の人物は、云いながら、顔じゅうのつけ髭をむしり取った。すると、その下から現われて来たのは、潤ちゃんらしい顔色にメーク・アップはしていたけれど、まぎれもない明智小五郎、なつかしの明智小五郎であった。

「でも、どうして………、そんなことがあり得るのでしょうか」

「あの遠州灘のまっ只中に、ほうりこまれた僕が、どうして助かったかというのでしょう。ハハハハ、君はあの時、この僕を、ほうりこんだつもりでいるのですか。そこに、根本的な錯覚があるのだ。僕はあの椅子の中にはいなかったのですよ。椅子の中へとじこめられていたのは、かわいそうな松公です。まさかあんなことになろうとは思わなかったので、僕は火夫に変装して探偵の仕事をつづけるために、松公を縛って、猿ぐつわをはめて、絶好の隠し場所、あの人間椅子の中へとじこめておいたのです。そのため、松公があああいう最期をとげたのは、実に申しわけないことだと思っています」

「まあ、それじゃあ、あれが松公でしたの？　そして、あなたは松公に化けて、ずっと機関室にいらしったの？」

さすがの女賊も毒気を抜かれて、まるで貴婦人のようにおとなしやかな口をきいた。

「それはほんとうでしょうか。でも、猿ぐつわをはめられていた松公が、どうしてあんなに物を云ったのでしょう。あの時、あたしたちは、クッションをへだてて椅子の外と中とで、いろいろ話し合ったじゃありませんか」

「話をしたのは僕でしたよ」

「まあ、それじゃあ……」

「あの船室には、大きな衣裳戸棚がおいてありますね。僕はあの中にかくれて物をいっていたのだ。それが、君には椅子の中からのように聞こえたのですよ。現に椅子の中でモゴモゴしている奴があるんだから、君が感違いしたのも無理はないのです」

「すると、すると、早苗さんをどっかへかくしたのも、あの大阪の新聞を椅子の上へのせておいたのも、あんたの仕業だったのね」

「その通りです」

「まあ御念《ごねん》の入ったことだわね。新聞の偽造までして、あたしをいじめようとなすったの？」

「偽造？　ばかなことを云いたまえ。あんな新聞が急に偽造なんか出来るものか。あの記事もあの写真も、正真正銘の事実ですよ」

「ホホホホホ、いくらなんでも、早苗さんが二人になるなんて、そんなばかばかしい……」

「二人になったんじゃない。ここへ誘拐されて来た早苗さんはにせものなんだよ。早苗さんの替玉を探すのに僕はどれほど骨を折ったろう。むろん無事に助け出す自信はあった。だが、親友の一と粒種を、そんな危険にさらす気にはなれなかったのでね。君が早苗さんと信じ切っていたあの娘はね、桜山葉子という、親も身寄りもない孤児なんだよ。しかも少々不良性をおびたモダン・ガールなんだよ。不良娘なればこそ、この大芝居をまんまと仕こなすことができたし、あれほどの目にあってもがんばり通す胆っ玉があったのさ。葉子はあんなに泣いたりわめいたりしながらも、僕を信じ切っていた。僕が必ず救い出しに来るということを、確信していたのだよ」

読者諸君は、この物語の初めの「怪老人」の一章を記憶されるであろう。名探偵明智小五郎の欺瞞作業は、実にあの時に行われたのであった。怪老人はつまり明智の変装姿にほかならなかった。そして、あの夜から、ほんとうの早苗さんは、明智だけが知っている、別の場所にかくまわれ、それと入れ違いに、早苗さんになりすました桜山葉子が岩瀬家に入りこんだのであった。その翌日から、早苗さんは一間にとじこもったきり、家人には顔を見られることさえいやがるそぶりを示した。岩瀬氏夫妻は早苗さんはうちつづく黒蜥蜴の迫害に、一種の気鬱《きうつ》症になったものときめてしまって、彼女がにせものだなどとは疑いさえもしなかった。葉子の名優ぶりはこの時からして、すでに抜群であったのだ。

名探偵の、意外につぐに意外をもってする物語を聞くにしたがって、黒衣婦人はもう、心底からこの大敵の前に兜《かぶと》をぬいだ。明智小五郎という一個不可思議の大人物を、心から崇拝したいほどの気持になっていた。だが、彼女の部下の無知な荒くれ男どもは、決して彼を崇拝しなかった。それどころか、首領にまんまと一ぱい喰わした不届き者として、かつは彼らの同僚松公を海底の藻屑とした仇敵として、かぎりなき憎悪と憤激を感じた。

彼らはこの長話をジリジリしながら聞いていたが、問答が一段落したと見るや、もう我慢が出来なかった。

「めんどうだッ、やッつけてしまえ」

一人の叫び声が導火線となって、総勢四人の大男が、孤立無援の名探偵めがけて飛びかかって行った。女賊の威望を以てしても、この勢いをはばむことが出来なかった。うしろから喉をしめるもの、両手をねじ上げるもの、足を取って引き倒そうとするもの、いかな明智小五郎とて、この死にもの狂いの大敵には、全く力をふるうすべがなかった。あぶない、あぶない。せっかくここまでこぎつけて、最後のどたん場で、形勢逆転するようなことになるのではあるまいか。一代の名探偵も、ついにこの荒くれ男どものために、命を失うような羽目になるのではあるまいか。

だが、実に奇妙なことには、この激情のさなかに、人もなげなる朗らかな哄笑が響き渡ったのである。しかしその哄笑の主は、四人の男に組み敷かれた明智小五郎その人ではなかったか。これはまあなんとしたことだ。

「ワハハハハハ、君たち目がないのか。よく見るがいい、ホラこのガラスの中をとくと見るがいい」

ガラスというのは、例の剝製人形陳列場のショウ・ウィンドウのようなガラス張りのことにちがいない。

人々は思わずその方に目をやった。彼らはうかつにも、そのガラス張りの中に、どんなことが起こっているか、少しも気づかなかったのだ。激情のせいもある。それに、格闘の行われた場所からは、陳列所が斜め向こうになっていたために、目の届かなかったせいもある。

見ると、そのガラス張りの中には、またしても驚くべき異変が起こっていた。人形どもが、今度は揃いも揃って、男の背広服を着せられていたではないか。剝製の男女が、元のままの姿勢で、しかつめらしい背広服を着て、すまし返っているのだ。

むろん明智の仕業にちがいないのだが、一度ならず二度までも、なんというつまらないいたずらをしたものであろう。だが、待てよ。明智ともあろうものが、そんな無意味ないたずらをするはずはない。この奇妙な衣裳の着せかえにも、また何か、途方もない意味があったのではあるまいか。

最も早くそれに気づいたのは、さすがに黒衣婦人であった。

「アッ、いけない」

愕然《がくぜん》として逃げ腰になるすきもなく、人形どもがムクムクと起き上がった。衣裳だけが変っていたのではない、中味までも全く別物と置きかえられていたのだ。そこには剝製人形ではなくて、生きた人間が、さも人形らしいポーズを取って、時機の来るのを待ちかまえていたのだ。見よ、背広の男どもの手には、例外なくピストルがにぎられ、その筒口が盗賊たちに向けられているではないか。

たちまち「ガチャン」と物のこわれる音、ショウ・ウィンドウのガラスにポッカリと大きな穴があいた。その穴から背広の男たちがす早く飛び出して来る。

「御用だッ、黒蜥蜴神妙にしろ」

恐ろしく大時代な叱咤《しった》の声が鳴り響いた。現代の警察官にもこの有効な掛け声は、案外しばしば使用されているのだ。いうまでもなく背広の人たちは、明智の手引きで地底に侵入した、警視庁の腕利き刑事の一団であった。

さいぜん明智は、入り口の張り番をしていた北村だけが、なぜ縛られたのか、その意味がわかるかとたずねたが、それは暗に警察官の来援をほのめかしたのであった。その入り口を開かせる合図の信号は、明智から電話で警視庁に知らせてあった。その信号によって、刑事たちはなんなく地底にはいることが出来たのだ。そして入り口をはいると同時にそこの見張り番の北村を適当に処理したまでのことであった。内部から明智が手伝ったことはいうまでもない。さっき、しばらく、潤ちゃんが行方不明になっていた間の出来事だ。では、彼らはなぜすぐさま、黒蜥蜴の逮捕に向かわなかったのか。それは、この捕物を充分効果的にするための、明智の差金であった。刑事とて、洒落《しゃれ》を解せぬ朴念仁《ぼくねんじん》ばかりではないのである。

いうまでもなく別の一隊は、水上署と協力して海上の賊船に向かっていた。もう今頃は、黒蜥蜴の部下たちは、汽船もろとも一人残さず召捕られていることに相違ない。

地底の賊徒も、たちまちにして、刑事たちのピストルの前に頭を下げた。さしもに獰猛《どうもう》な荒くれ男どもも、この悪夢のような不意打ちには、どう手向かいするすきもなく、ことごとく縄をかけられてしまった。まっぱだかの潤ちゃんも例外ではなかった。

だが、首領の黒蜥蜴だけは、さすがに敏捷であった。まっ先に背広人形の意味を悟った彼女は、逃げ足も早く、一人の刑事につかまれた腕を振り切って、飛鳥《ひちょう》のように、廊下の奥の彼女の私室へ逃げこんで、中から鍵をかけてしまった。

うごめく黒蜥蜴

黒衣婦人は、地底王国の女王のほこりからも、縄目《なわめ》の恥に堪えかねたのであろう。いずれ逃れぬ運命とはいえ、せめて最期をいさぎよく、密室にとじこもって、われとわが命を絶とうとしたのにちがいない。それと気づいた明智小五郎は、騒がしい捕物の場を後にして、単身彼女の私室に駈けつけた。

「おい、開けたまえ。僕は明智だ。一言云いたいことがある。ぜひここを開けてくれたまえ」

急がしく叫ぶと、中から力ない声が答えた。

「明智さん、あなたお一人だけならば……」

「ウン、僕一人だよ。早くあけてくれたまえ」

鍵を廻す音がした。ドアがひらいた。

「アッ、おそかった。……君は毒を呑んだのか」

ふみこみざま、明智が叫んだ。黒衣婦人は、やっとドアをあけたまま、その場に打ち倒れていたのである。

明智は床にひざまずいて、その膝の上に女賊の上半身をかかえのせ、せめては断末魔の苦悩をやわらげてやろうと試みた。

「今さら何をいっても仕方がない。安らかに眠りたまえ。君のためには、僕は命がけの目にもあわされた。しかし、僕の職業にとっては、それが貴重な体験にもなったのだよ。もう君を憎んでやしない。かわいそうにさえ思っている………ああ、そうそう、君に一言ことわっておかねばならぬことがあった。君があれほど苦心をして手に入れた品だけれど、岩瀬さんの『エジプトの星』は、たしかに僕があずかって帰るよ。

むろん本来の持ち主にお返しするためにだ」

明智はポケットから大宝玉を取り出して、女賊の目の前にかざして見せた。黒蜥蜴は強いて微笑を浮かべ、二三度うなずいて見せた。

「早苗さんは？」彼女はしおらしくたずねるのだ。

「早苗さん？　ああ、桜山葉子のことだね。安心したまえ、香川君と一しょに、もうこの穴蔵を出て、警察の保護を受けている。あの娘にも苦労をかけた。今度大阪へ帰ったら岩瀬さんから充分謝礼をしてもらうつもりだよ」

「あたし、あなたに負けましたわ。なにもかも」

戦いに敗れただけではない。もっと別の意味でも負けたのだということを、言外に含ませていうと、彼女はすすり泣き始めた。もううわずった両眼から、涙がとめどもなくあふれ落ちた。

「あたし、あなたの腕に抱かれていますのね。……嬉しいわ。……あたし、こんな仕合せな死に方が出来ようとは、想像もしていませんでしたわ」

明智はその意味をさとらないではなかった。一種不可思議な感情を味わわないではなかった。しかしそれは口に出して答えるすべのない感情であった。

断末魔の女賊の告白は謎のごとく異様であった。彼女はこの仇敵を、彼女自身も気づかずして、愛しつづけていたのであろうか。それ故にこそ、闇の洋上に明智を葬った時、あのように烈しい感情におそわれ、あのように涙をこぼしたのであろうか。

「明智さん。もうお別れです……お別れに、たった一つのお願いを聞いて下さいません？……唇を、あなたの唇を……」

黒衣婦人の四肢はもう痙攣《けいれん》を始めていた。これが最期だ。女賊とはいえ、この可憐な最期の願いをしりぞける気にはなれなかった。

明智は無言のまま、黒蜥蜴のもう冷たくなった額にソッと唇をつけた。彼を殺そうとした殺人鬼の額に、いまわの口づけをした。女賊の顔に、心からの微笑が浮かんだ。そして、その微笑が消えやらぬまま、彼女はもう動かなくなっていた。

そこへ、捕物をすませた刑事たちが、ドヤドヤとはいって来たが、一と目この不思議な情景を見ると、入り口に立ちすくんでしまった。鬼といわれる刑事たちにも感情はあった。彼らは何かしら厳粛なものにうたれて、しばらく物いう力さえ失ったのである。

一世を震撼《しんかん》せしめた稀代の女賊黒蜥蜴は、かくして息絶えたのであった。名探偵明智小五郎の膝を枕に、さも嬉しげな微笑を浮かべながら、この世を去ったのであった。

ふと見ると、さいぜん刑事の手を振りはらって逃げた時黒衣の袖が破れたのであろう。美しい二の腕があらわになって、そこに、彼女のあだ名の由来をなした、あの黒蜥蜴の入墨が、これのみは今もなお生あるもののごとく、主人との別離を悲しむかのように、かすかにかすかにうごめいているかに感じられたのである。

(『日の出』昭和九年一月より十二月まで連載)

注1　いとはん
　いとさん。大阪弁でお嬢さんのこと。

注2　天勝
　松旭斎天勝《しょうきょくさいてんかつ》。明治後半から昭和初期にかけて活躍した女性奇術師。

注3　お染の七化け
　歌舞伎「於染久松色読販《おそめひさまつうきなのよみうり》」、通称「お染七役」。主役の女形が早替りで七役を演じる。

注4　おひろい
　徒歩。歩くこと。

注5　四十円、二百円
　現在の三万円、十五万円ほど。

注6　ふたなり
　男女両性を兼ね備えた人のこと。

注7　二十五万円

現在の一億数千万円。

注8　千枚張り
面の皮千枚張り。面の皮が厚いこと。ずうずうしく恥知らず。

注9　不意気
意気でないこと。無粋。野暮。

注10　大黒頭巾
七福神の大黒天がかぶっている大きな袋状の頭巾。

注11　方三尺
約九十センチメートル×九十センチメートル。

注12　胴中
身体の胴のなかほどの部分。

『黒蜥蜴』解説

落合教幸

大正十二年の「二銭銅貨」から始まる乱歩の作家活動は、最初の数年、昭和二年までの短い期間に多くの傑作短篇小説を生み出している。

そこから一年半ほどの休筆期間に入ったが、昭和三年の夏に復帰した乱歩は、「陰獣」「押絵と旅する男」など、傑作を発表して健在を示した。

さらに、昭和四年の「孤島の鬼」は、乱歩の長篇作品として最も優れたもののひとつとなった。この作品が連載された博文館の新雑誌「朝日」は、講談社の「キング」などと同じ、大衆向けの雑誌だった。乱歩がこの雑誌に書くことになったのは、森下雨村の斡旋によるものだった。「新青年」の編集長として、多くの乱歩作品を掲載してきた雨村は、博文館の編集局長になっていたのである。

こうして長篇「孤島の鬼」を書いたことが、乱歩が読物雑誌に娯楽的な連載小説を書くようになるきっかけとなった。この時期から後、講談社の雑誌にも小説を書いていった。同年の八月から「講談倶楽部」に連載した「蜘蛛男」がそういった作品の始まりであった。

翌年には、「文芸倶楽部」に「猟奇の果」、「講談倶楽部」に「魔術師」、「キング」に「黄金仮面」、そして「報知新聞」に「吸血鬼」といった作品を続けて書いていった。

昭和六年には「盲獣」「白髪鬼」といった連載が続いた。さらにこの年には、平凡社から『江戸川乱歩全集』を出している。乱歩の初めての全集である。

この時期にも乱歩は、短篇小説も執筆していた。その中には、「芋虫」「押絵と旅する男」「目羅博士の不思議な犯罪」といった優れた作品もある。しかし発表する作品の比重は、連載の長篇小説に移っていた。娯楽雑誌に掲載されることで多くの読者を獲得したことに乱歩は気をよくしていたが、にわかに有名になったことに乱歩は羞恥を感じてもいた。

全集を出したことでまとまった収入を確保した乱歩は、昭和七年三月にふたたび休筆を宣言した。そしてまた一年数か月の充電期間に入ることになった。

昭和八年末、今度の復帰作は「悪霊」と題された探偵小説で、「新青年」に掲載されることになった。しかし「悪霊」執筆の試みは失敗した。周囲の期待に応えられる

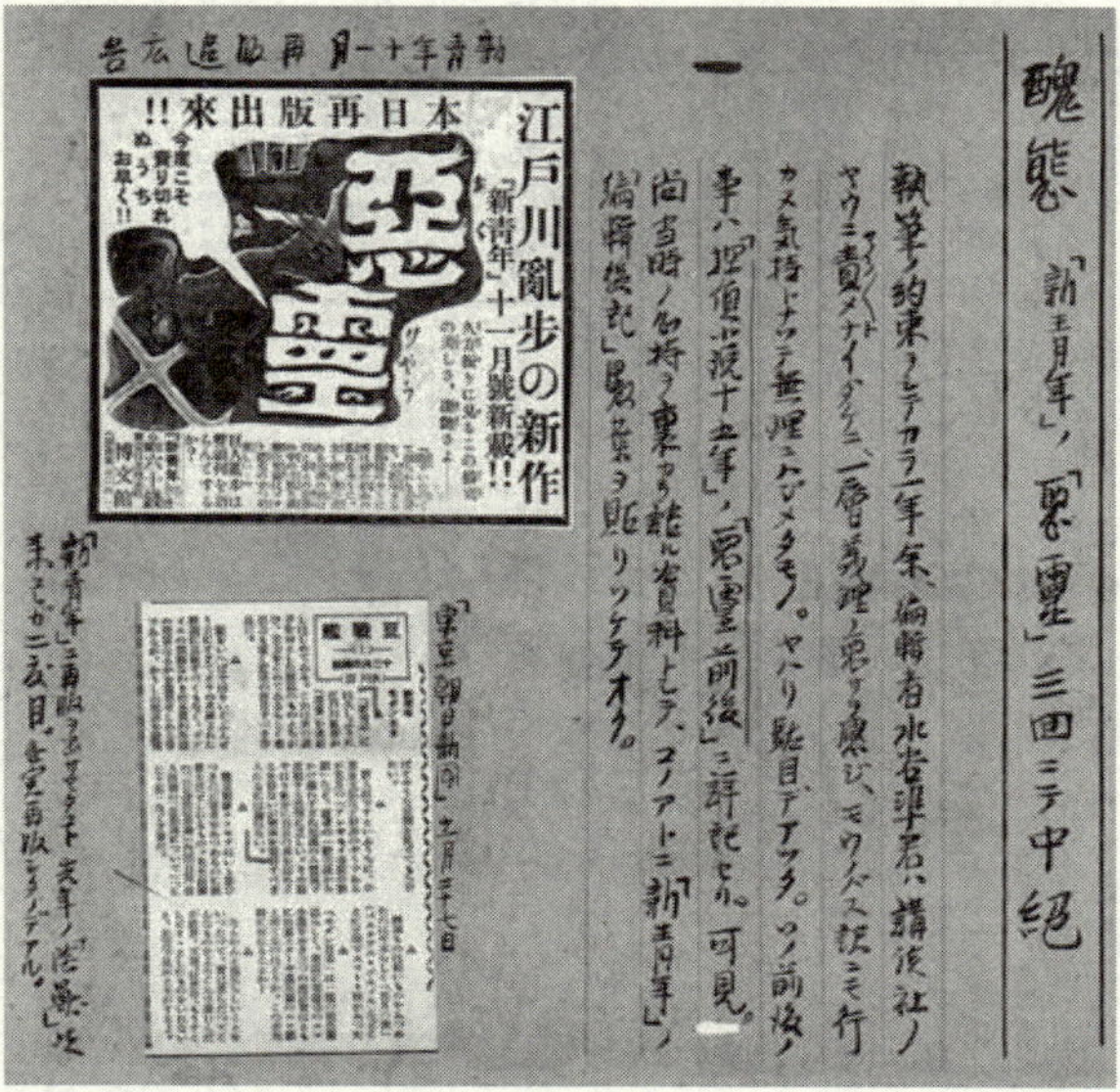

「貼雑年譜」には「悪霊」の予告から休載の告知、批判記事などが残されている。乱歩はこれを「醜態」とした。

(『貼雑年譜』より)

作品を書くことができず、乱歩はこの作品を三回掲載しただけで、打ち切ることを決めたのだった。昭和九年四月号には「悪霊についてのお詫び」が載った。「気力体力共に衰え、日夜苦吟すれども、如何にしても探偵小説的情熱を呼び起こし得ず、脱穀同然の文章を羅列するに堪えませんので、ここに作者としての無力を告白して『悪霊』の執筆を一先ず中絶することにいたしました」というものである。

この時期、探偵小説界では、新しい動きがおこっていた。

夢野久作、小栗虫太郎、木々高太郎といった新しい書き手が現れていた。それまで短篇が中心だったが、海外の長篇作品も紹介されるようになっていく。昭和十年を頂点とした、その前後二、三年の盛り上がりを、後に乱歩は「探偵小説第二の山」と呼んでいる。

その頃の乱歩自身の活動としては、『鬼の言葉』に収録される評論の執筆や、『日本探偵小説傑作集』の編集など、小説以外での活躍が目立つようになってくる。そういった乱歩の転換点でもあったのだ。

「黒蜥蜴」はそのような時期に入っていく、昭和九年の連載である。

当時乱歩が暮らしていた芝区車町の家は、周囲の騒音がひどかった。京浜国道と東海道線に近く、自動車や、汽車、電車の音に、終日なやまされていたのである。

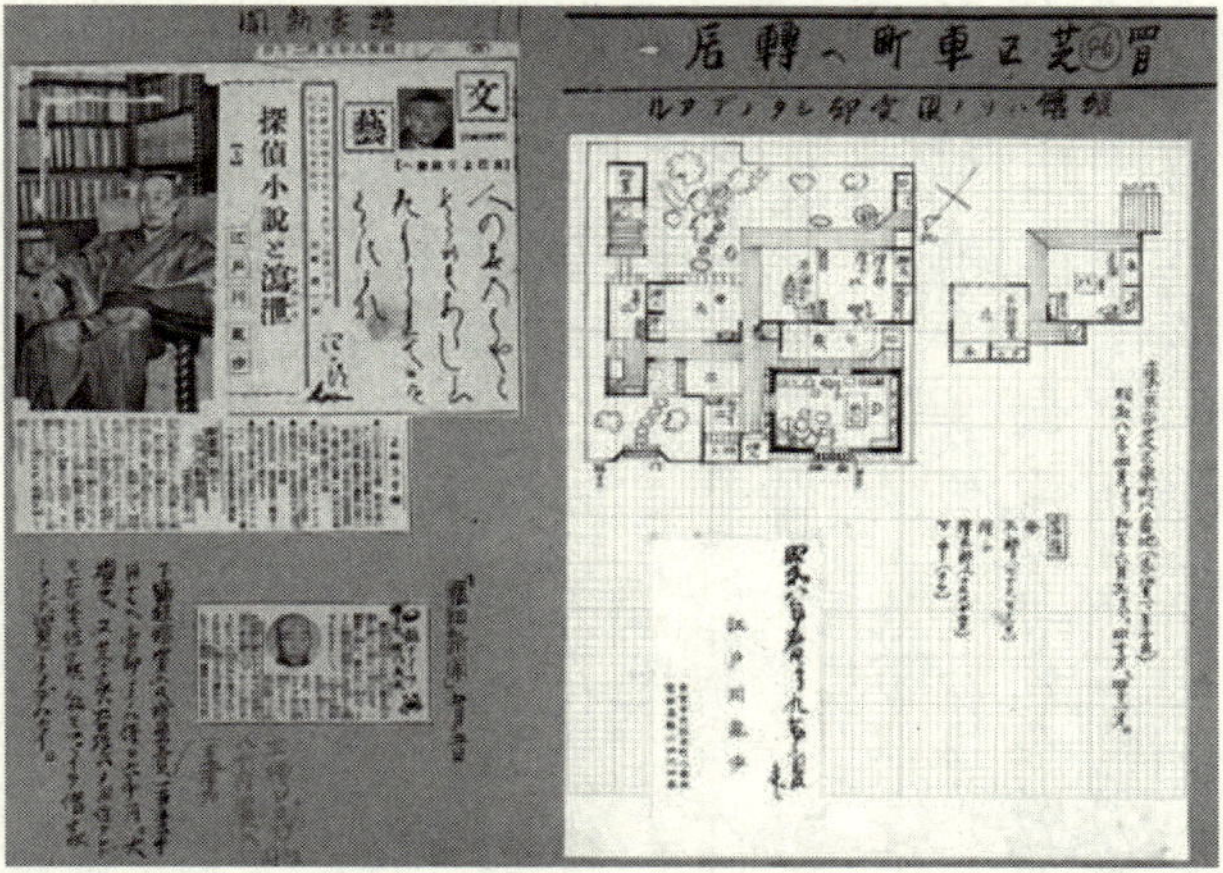

昭和８年４月より９年６月まで住んだ車町の家。このときに特注した机や書棚は池袋の土蔵に運び込まれた。（『貼雑年譜』より）

昭和九年一月、乱歩は麻布にある「張ホテル」に長期滞在している。中国人の経営する木造二階建ての洋館だった。日本人はほとんど泊まらず、外国人が長く滞在する宿だった。「ヨーロッパの片田舎の、安宿へでも泊まったような感じ」だったと乱歩は書いている。ここにとじこもって「悪霊」を書くつもりだったが、ほとんど何もせずに半月を過ごしただけだった（久世光彦『一九三四年冬——乱歩』はこの時期の乱歩を描いたフィクションである）。

昭和九年の夏、乱歩は池袋に転居している。静かな場所を求めてのことだった。それまで幾度も転居を繰り返した乱歩だったが、土蔵付きのその家でその後三十一年を過ごすことになる。『貼雑年譜』によると、これが四十六番目の住居であった。

この年に書かれたのが「黒蜥蜴」であった。「新青年」の連載「悪霊」には失敗したものの、他の雑誌には「妖虫」「人間豹」「黒蜥蜴」という三つの長篇作品を連載している。休載も何度かあったが、これらは完結している。こういった作品は通俗的とみなされていたから、横溝正史など、探偵小説の作家や、「悪霊」を連載していた「新青年」の読者からは、そういった面でも批判されたのだった。乱歩が当時書いた文章を読むと、探偵小説の中心であった「新青年」は特別な雑誌であって、いい加減なものを書くことができないという重圧に苦しめられていたことがわかる。

一方、娯楽雑誌のほうでは、編集者たちが「実に我慢強く、私を甘やかし、私をおだて」乱歩に書かせていった。乱歩も「新青年」ほど神経質にならなくてよかったので、何とか書くことができたのだった。

「黒蜥蜴」について、乱歩は「私の小説では唯一の女賊もの」と書いている。少年ものにも女賊は登場するので、必ずしも唯一とはいえないが、この時期に書かれた長篇で明智と対決するキャラクターとして、こういった女性を配置するのは珍しいかもしれない。

ただ、乱歩の作品では、女性の犯罪者が描かれることはある。初期の作品には「お勢登場」もあるし、連作の「江川蘭子」もまた、女性の犯罪者を描いたものである。他の作品でも、女性が犯人だったり、共犯者として登場していたりする例は少なくはない。

ここでは乱歩の描く女性像について詳述する余裕はないが、大正時代に、女賊「プロテア」の活躍する映画を見ていたことが影響していることは容易に想像できる。

女賊黒蜥蜴の相手となるのは、名探偵明智小五郎である。

初期の短篇「D坂の殺人事件」(大正十四年一月)で登場した明智は、書生風の姿をしていた。

「……そして彼は人と話しているあいだにもよく、指で、そのモジャモジャになっている髪の毛を、更らにモジャモジャにする為の様に引掻廻すのが癖だ。服装などは一向構わぬ方らしく、いつも木綿の着物によれよれの兵児帯を締めている」というのが明智の外見だった。まだ職業としては探偵になっておらず「これという職業を持たぬ一種の遊民であることは確かだ」というように説明されてもいる。

その後「心理試験」「屋根裏の散歩者」といった作品にも登場する。それらの作品では、すでに明智は探偵として名を知られるようになっていたと書かれている。

大正十五年十二月から翌昭和二年二月まで「朝日新聞」連載の「一寸法師」では、明智は上海から帰ってきたとされる。「数年以前に比べると、このごろはいくらか見え坊になっていた」とある。

この事件の後、支那から印度へと渡り、さらに三年ほど過ごしたらしい。帰国した明智は「蜘蛛男」事件に取り組む。この時には「詰襟の白服に白靴の、日本人離れのした明智小五郎の姿」となっている。そして「蜘蛛男」以降の長篇作品で、名探偵としての役割を果たしていくことになるのだった。

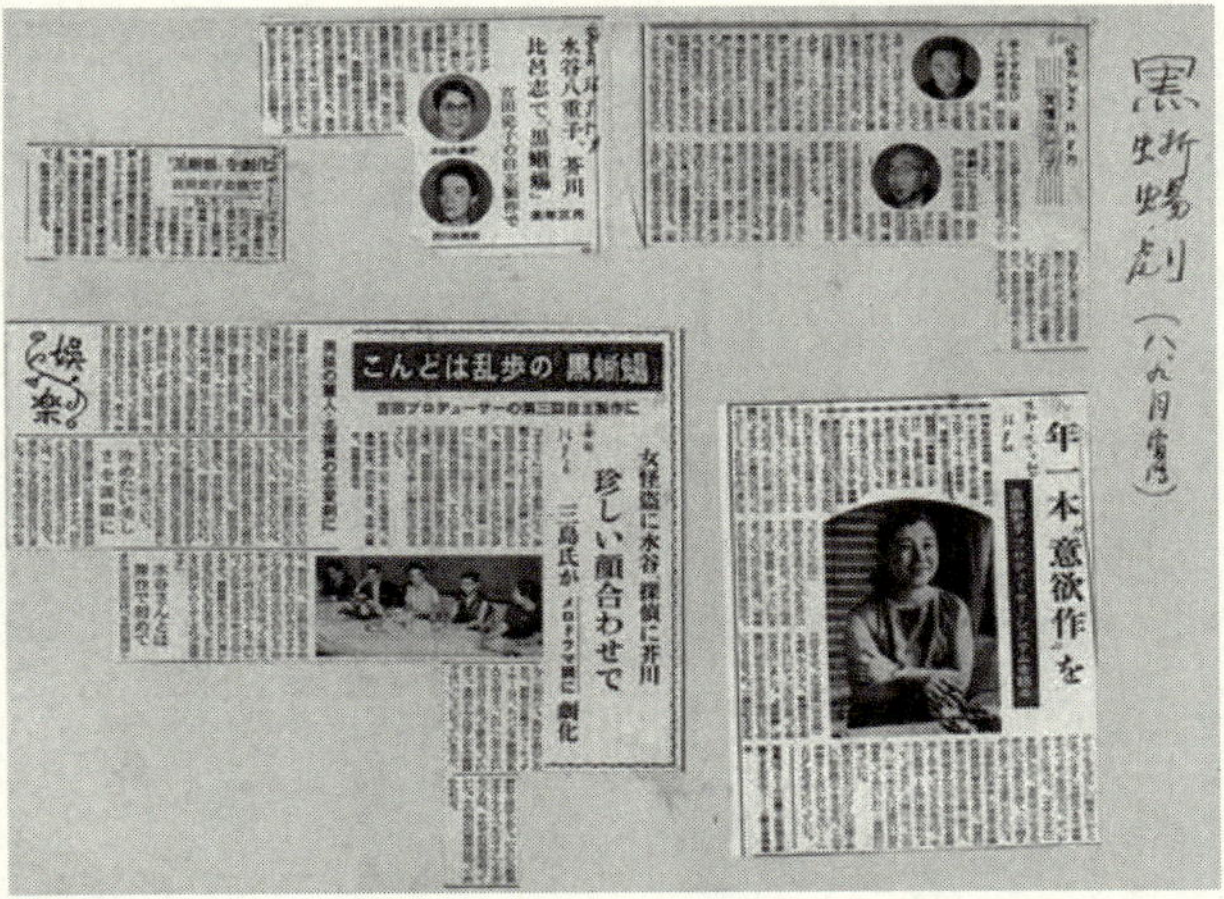

「貼雑年譜」第８巻には「黒蜥蜴」の舞台・映画に関する記事・広告が多数貼り付けてある。（『貼雑年譜』より）

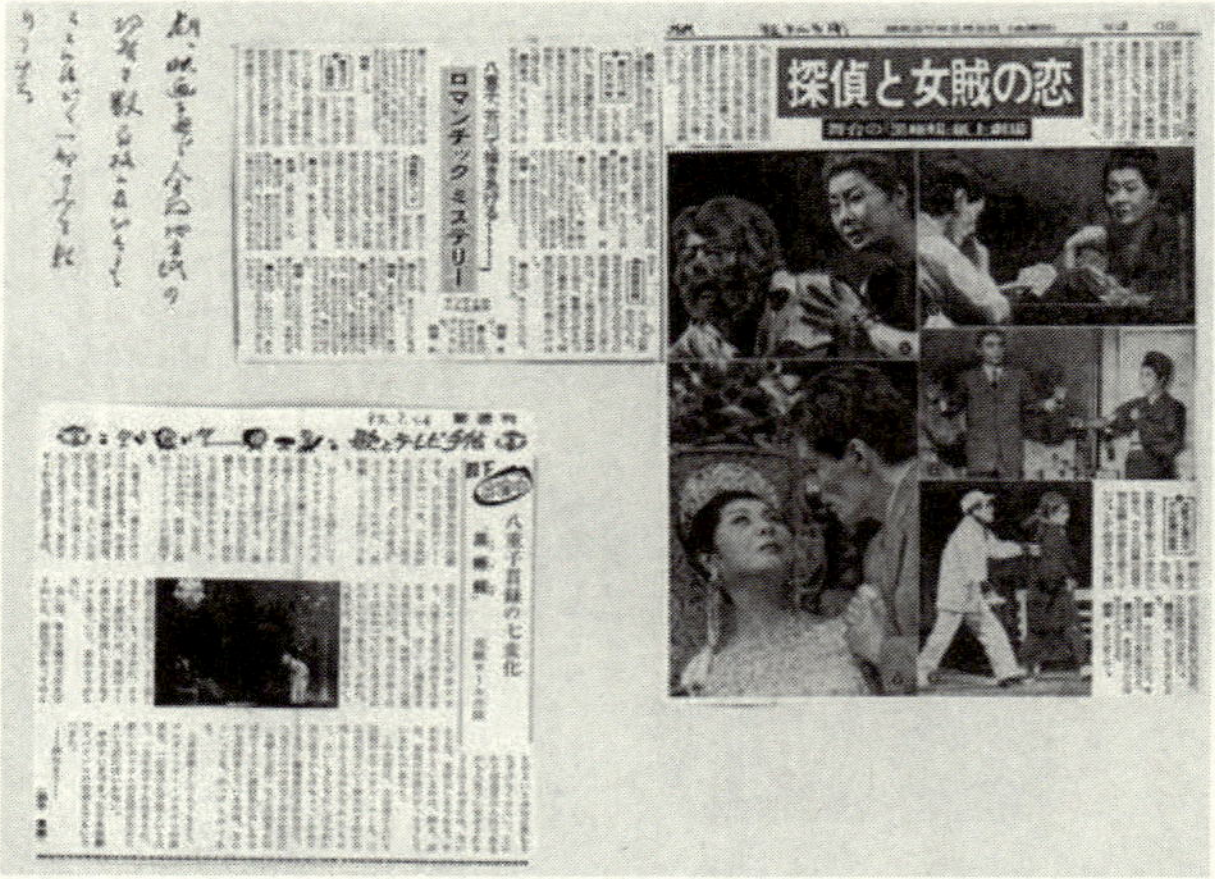

「劇、映画を通じ全国地方紙の切抜き数百枚に及びたるもここにはごく一部のみを貼りつけた。」（乱歩の書き込み）

（『貼雑年譜』より）

「黒蜥蜴」の名を高めたのは、三島由紀夫による戯曲化だった。

当初、三島由紀夫はこの作品をバレエとして脚色しようとした。しかしその企画は中止となってしまう。その後あらためて、舞台として「黒蜥蜴」を脚本にしたのであった。

最初の上演は、松浦竹夫の演出で、黒蜥蜴を水谷八重子、明智を芥川比呂志が演じている。そして同時期に映画にもなった。井上梅次監督、新藤兼人脚本、大映の製作である。黒蜥蜴は京マチ子が演じ、明智は大木実であった。

この舞台『黒蜥蜴』上演時のパンフレットに乱歩は「チェスタトンと三島由紀夫」という文章を書いている。乱歩はG・K・チェスタトンの作風を好んだ。「ブラウン神父」のシリーズで有名な作家である。乱歩は自分の長篇について「チェスタトンのトリッキイでアクロバチックな筋だけを追ったようなものが多い。『黒蜥蜴』もその一つである」と書いている。「三島由紀夫さんは、その私の骨組みに、新しく織り出した立派な衣裳を着せてくれた」。

さらに、乱歩没後であったが、昭和四十三年、丸山明宏（美輪明宏）を黒蜥蜴役として上演されることになる。明智は天地茂である。この舞台は前回よりも評判になり、再び映画化もされた。黒蜥蜴は丸山、明智は木村功が演じた。松竹製作で、監督は深作欣二であった。この映画には三島も生人形役で特別出演している。

「黒蜥蜴」はこれ以降も何度も舞台上演された。小川真由美、坂東玉三郎、松坂慶子、篠井英介、浅野ゆう子などが黒蜥蜴を演じた（住田忠久編著『明智小五郎読本』には舞台や映画作品の詳細なリストが掲載されている）。

三島の作品では時代を戦前から戦後に移し、宝石の受け渡しが行われるのは、通天閣から東京タワーへと変更されるなど、設定でも改変がなされている。

三島による戯曲「黒蜥蜴」の最も印象的な場面はおそらく第二場の最後だろう。明智と黒蜥蜴がそれぞれ事務所と隠れ家で互いを思う。黒蜥蜴「追われているつもりで追っているのか」、明智「追っているつもりで追われているのか」

黒蜥蜴　法律が私の恋文になり
明智　牢屋が私の贈物になる。
黒蜥蜴
明智 ｝そして最後に勝つのはこっちさ。

このように、明智と黒蜥蜴が互いに意識していることがはっきりと示される。乱歩の原作小説でも、黒蜥蜴と明智のあいだに感情の交流を読みとることはできるが、このように描かれることで、両者が対称的な存在であることが提示されているのである。
その他、結末での明智小五郎の台詞を含めて、三島の戯曲版では黒蜥蜴と明智の関係が印象付けられるように作られている。それを三島による「黒蜥蜴」の読み方として踏まえたうえで、あらためて乱歩の小説を振り返ってみても良いと思う。

（立教大学江戸川乱歩記念大衆文化研究センター）

監修／落合教幸
協力／平井憲太郎
　立教大学江戸川乱歩記念大衆文化研究センター

本書は、『江戸川乱歩全集』（春陽堂版　昭和29年～昭和30年刊）収録作品を底本としました。旧仮名づかいで書かれたものは、なるべく新仮名づかいに改め、著者の筆癖はそのままにしました。漢字は変更すると作品の雰囲気を損ねる字は正字体を採用しました。難読と思われる語句には、編集部が適宜、振り仮名を付けました。

本文中には、今日の観点からみると差別的、不適切な表現がありますが、作品発表当時の時代的背景、作品自体のもつ文学性、また著者がすでに故人であるという事情を鑑み、おおむね底本のとおりとしました。

説明が必要と思われる語句には、各作品の最終頁に注釈を付しました。

（編集部）

江戸川乱歩文庫
黒《くろ》蜥《と》蜴《かげ》
著　者　江《え》戸《ど》川《がわ》乱《らん》歩《ぽ》

2015年5月20日　初版第1刷　発行

発行所　株式会社　春陽堂書店
103-0027　東京都中央区日本橋3-4-16
営業部　電話03-3815-1666
編集部　電話03-3271-0051
http://www.shun-yo-do.co.jp
発行者　和田佐知子

印刷・製本　恵友印刷株式会社

乱丁・落丁本は、ご面倒ですが小社営業部宛ご返送ください。
送料小社負担にてお取替えいたします。

ISBN978-4-394-30151-6　C0193

江戸川
乱歩
文庫
全巻ラインナップ

『陰獣』
『孤島の鬼』
『人間椅子』
『地獄の道化師』
『屋根裏の散歩者』
『黒蜥蜴』
『パノラマ島奇談』
『蜘蛛男』
『D坂の殺人事件』
『黄金仮面』
『月と手袋』
『化人幻戯』
『心理試験』